Klaus Gutschalk
SILO 8

AF138656

BOOKS on DEMAND

Klaus Gutschalk

„Silo8"

Blicke aus dem Dunkeln

Kriminalroman

Bibliografische Information der Deutschen Nationalbibliothek: Die Deutsche Nationalbibliothek ver-
zeichnet diese Publikation in der Deutschen Natio-
nalbibliografie; detaillierte bibliografische Daten
sind im Internet über **http://dnb.dnb.de** abrufbar

2. überarbeitete Auflage 2016
Lektorat: Katrin Wünsche
COPYRIGHT: Klaus Gutschalk

Herstellung und Verlag:
BoD – Books on Demand, Norderstedt
ISBN 978-3-7386-3269-9

Besonderen Dank an meine „Muse" des Buches
Janine für ihre Inspirationen.

Titelbild: klaus.hackl.com

Zum Autor:

Der 1964 in der Pfalz geborene und auch dort mit seiner Familie lebende Autor studierte Architektur und ist seit 25 Jahren im Bereich Planung von Krankenhäusern und Projekten des Gesundheitswesens tätig.
Als Fachautor hat er etliche Publikationen in diesem Bereich verfasst und widmet sich mit diesem Roman nun der Kriminalliteratur.

Für Luca und Steffi

1

Ankunft

Die Maschine aus Kopenhagen LH 825 landete dank einigem Rückenwind früher als erwartet in Frankfurt. Der Airbus aktuellster Baureihe war noch so neu, dass er noch nicht einmal getauft war und keinen der üblichen Städtenamen trug.

Aber dies war auch nur noch eine Frage des Terminkalenders in der Abstimmung zwischen der Fluglinie und dem Bürgermeister der ausgewählten Stadt, die noch vertraulich kommuniziert wurde.

Flugzeugtaufen haben neben Schiffstaufen, die mittlerweile zu richtigen Großevents werden, immer etwas Spezielles.

Grit Swenson, die großgewachsene, schlanke Leiterin einer Agentur zur Erforschung von internationalen Megatrends, hatte sich entschlossen, nicht in einer der üblichen uniformen Messehotels in der City, oder gar am Airport abzusteigen, sondern hatte durch die mittlerweile umfangreiche Bekanntheit des Szenehotels „SILO8" gerne die halbstündige Fahrt mit dem ICE von FRA-Airport nach Mannheim in Kauf genommen.

Schon von der Bahnlinie konnte sie einen ersten Blick auf die neue Landmarke werfen, die mit einem von einer Graffitikünstlergruppe aufgebrachten, überdimensionalen Auge die Aufmerksamkeit auf sich zog.

Am Bahnsteig angekommen, verließ eine größere Businessschar den ICE, vornehmlich Pendler der Bankenmetropole Frankfurts, die täglich den Zug der überfüllten Autobahn vorzogen.

Grit Swenson ging in der Heerschar unter und es fiel ihr schwer sich umzusehen. Dennoch wurde sie auf einen wohl auf eine weibliche Person wartenden Mann aufmerksam, der einige prächtige Sonnenblumen in der Hand hielt.
Auch sonst war an ihm auf den ersten „Frauenscan" alles prächtig, sodass Grit den Fremden ansprach, ob die Blumen wohl für sie gedacht waren.
Etwas überrascht wirkend, aber mit einem charmanten Lächeln, erwiderte der Fremde, dass eine der Sonnenblumen gerne die Nacht bei ihr verbringen würde.
Die weltmännische Businessdame griff mit einem gewissen Stolz der Erwartung die Blume und konnte sich sicherlich vorstellen, dass auch der Rest des vor ihr stehenden „Prachtexemplars" die Nacht bei ihr verbringen durfte.
Doch dies war erst einmal Phantasie.

2

4 Jahre zurück

Die 4x4 m großen Waben hatten ideale Raumdimensionen und erinnerten an Module einer internationalen Raumstation. Fast unendlich erweiterbar glichen die Strukturen den ebenso klar strukturierten Bienenwaben, nur, dass hier weniger Betrieb war, ja fast Todesstille.
Doch diese Einsamkeit war vertraut, obwohl Stille genauso qualvoll zur Folter werden kann wie permanente Beschallung.

Nun nach 25 Jahre permanenter Stille, nach den Zeiten des „kalten Krieges", ertönten in dem alten Silogebäude tosende Geräusche, die auf massive Abbrucharbeiten schließen ließen.
Doch Nachts kehrte die Zeit der Stille zurück und er konnte die Zeit nutzen um erkundend durch die Weite zu schweifen.
Auf den Bauplänen, die überall in dem durchaus beachtlichen Projekt verteilt lagen, war das Ergebnis eines Architektenwettbewerbs zu erkennen, welcher von dem weltweit tätigen Büro „SUP5" gewonnen wurde.
Der wesentliche Grund, der die Entscheidung brachte, war, dass das Konzept sich auf die vorhandenen

Raumstrukturen konzentrierte. So blieben die Silos als „Blackbox" unangetastet. Zum Glück gab es aus Kostengründen keine weiteren Bestandsuntersuchungen in diesem Bereich.

Das Hämmern, Bohren und Schleifen beschränkte sich auf die üblichen Arbeitszeiten von sieben bis achtzehn Uhr und hier war auch er meist unterwegs.

3

Taxi

Auf dem Bahnhofsvorplatz angekommen, sah Grit Swenson, wie an den meisten Bahnhöfen üblich, bereits mehrere Taxen paratstehen. Obwohl auch in Mannheim Alternativen zu den klassischen Beförderungssystemen angeboten wurden, tendierte die Geschäftswelt nach wie vor zu den elfenbeinfarbenen, meist mit einem Stern versehen Limousinen.

Auch Grit Swenson stieg in eines dieser luxuriösen-Gefährte, wenn auch eines älteren Baujahres, ein. Der Fahrer war dem Alter des Fahrzeuges angeglichen und verdiente sich mit der Beförderung von Passagieren als Selbstständiger sein Einkommen.

Bereits die knappe Anweisung: „Zum Silo 8", reichte aus um dem Fahrer die Strecke wie im Schlaf finden zu lassen.

Grit freute sich auf eine ruhige Nacht und endlich etwas Schlaf, da sie seit ungefähr 38 Stunden auf den Beinen war.

Nach einem Weltkongress in Abu Dhabi mit anschließendem Zwischenstopp auf der EXPO in Mailand und einem kurzen Familienhallo in der Nähe von Kopenhagen war nun Mannheim, bzw. ihr eigentlicher Stopp in Frankfurt an der Reihe. Hier fand sich die nächste Adresse zur Weitergabe von Trends, die insbesondere die kreativen Köpfe auf der stattfindenden automobilen Leitmesse interessierte.

Für den kommenden Tag war ein Meeting mit den Leitern des noch geheimen Prototyps „SOL.AR.IS" anberaumt.

In drei Tagen, zur Eröffnung der Messe, sollte die Präsentation des weltweit ersten serienreifen Fahrzeuges stattfinden, welches mit rein solarer Energie auch Reichweiten über die sonst meist mageren 80 bis 150km erzielte.

Eine Entwicklung von organischen Solarmodulen, die in allen äußeren Karosseriebauteilen verwendet werden können, schaffte hier den im Moment noch geheimen technischen Quantensprung. Gekoppelt mit ebenfalls organischen Speichermedien, entwickelt von der deutschen Forschungselite der Universität Dresden, war hiermit erstmals ein Konzept für einen solarbetriebenen PKW kurz vor dem Durchbruch und versprach erstmals eine vollständige Umsetzung der schon lange angestrebten politischen Ziele zur Nutzung von erneuerbaren Energien.

Mit ihrem zuvor am Bahnhof eroberten floralen Prachtexemplar in der einen Hand und einem Standard-Alukoffer in der Anderen stand sie nun bereit zum Check-In am Tresen des Szenehotels „SILO8".

Ihr gebuchtes Zimmer mit Blick zum Fluss überraschte mit einem speziellen, wirklichen Vintage-Style, den die Vielfliegermeilensammlerin so sonst nicht kannte.

Die meisten Hotels glichen sich global und waren oft nur durch unterschiedliche Logos auf den Rechnungen zu unterscheiden.

Am meisten freute sie sich, neben dem frischen Obstkorb aus fairem Handel, auf ein Bett, welches auf den ersten Blick schon zum Träumen einlud.

Kaum in der Horizontalen angekommen und die Sonnenblume vom Bahnsteig gerade noch in den Augenwickeln zu erkennen, fielen die schweren Lider auch schon zu.

4

Sunflower

Die Wiese schien schier unendlich und neben den Millionen von hochgewachsenen Sonnenblumen klangen wohlklingende, sphärische Töne durch die saubere, klare Luft.

Eine Harmonie der Sinne und inmitten dieser unwirklichen Welt sollte der neue Star der automobilen Szene das Licht der Welt erblicken. Ein Licht, welches ihn im wahrsten Sinne des Wortes zum Leben erweckt.

Doch zum Leben erweckt wurde Grit durch ganz andere Geräusche, die sie aus dem wohlverdienten Schlaf rissen.

Durch die Dreifachverglasung der großzügigen Fensterflächen und der besonders schalldichten Flurtüren war ein Schrei nur kurz und gedämpft hören.

Am nächsten Morgen und nachdem Grit Swenson ihren bestellten Weckruf nicht angenommen hatte, wurde die nächtliche Ruhestörung noch vom Housekeeping übertönt.

Auf dem Bett des Zimmers, welches die fähigen Reinigungskräfte als nächstes auf dem Plan hatten, lag eine blassgeschminkte Dame mit einem weißen

Laken abgedeckt und in den gefalteten Händen eine Sonnenblume.

5

Morgenstund

Hotels sind der Inbegriff der Diskretion. Egal was in einem Hotel vergessen wird, ein Concierge würde niemals anrufen und fragen, ob ein gewisser Gegenstand von dem Gast nicht eingepackt wurde oder in einem Matratzenspalt verschwand. Er könnte ja von einer Begleitung sein, die nicht in Erscheinung treten will oder sollte.
Und davon gab es erfahrungsgemäß gerade in Kongress- oder Messestädten mehr als genug.
Todesfälle in Hotels sind mindestens genauso sensibel zu behandeln.
Für Kommissar Klocke von der Kripo Mannheim war dieser Umstand etwas, was er heute gar nicht gebrauchen konnte. Nach einer Nachtschicht war das Wort Schlaf ihm ein Fremdwort und jetzt sollte er auch noch diskret sein?
Im Normalfall waren seine Leichen eher im Milieu der Drogen- oder Prostitutionsszene zu finden, aber manchmal ist man einfach zur falschen Zeit am falschen Ort. Hätte die Tote nicht bis später warten

können, nachdem er seine Rolle als leitender Ermittler an seinen Nachfolger hätte übergeben können?

Aber der Einstieg in seinen silbernen BITTER CD, eine der wenigen deutschen Sportwagenikonen der 70ziger Jahre und typisches Kind seiner Zeit, entschädigte wieder mal auch an diesem Morgen.
Mit seinem Partner im Hotel angekommen, wurden sie bereits von der nervösen Hotelleitung und auch der KTU in ihren weißen Einwegoveralls empfangen.

Das Weiß der Kleidung und auch der Anschein der Toten wurden nur durch das kräftige Gelb der Sonnenblume gestört. Man hätte meinen können, man wäre bei einem Le Diner e Blanc. Diese Vorstellung hätte Kommissar Klocke besser gefallen, da neben seiner Vorliebe für sein spezielles Automobil auch das feine Essen zu seinen Lastern gehörte. Nur meist reichte es aus Zeitgründen dann doch nur zur Currywurst an irgendeiner Ecke.

Was fehlte, war jeglicher Hinweis auf ein Gewaltverbrechen. Kein Blut, keine der üblichen Hämatome an Hals, Armen oder sonstigen sensiblen Stellen des Körpers.
Kommissar Klocke hatte leider schon viel mehr gesehen, als für die meisten Menschen gut war, aber

eine solche mit Sinn für Ästhetik präsentierte Leiche war auch ihm neu.

Die Blitze der Polizeifotografen ließen langsam nach, wobei die Aufnahmen dieser besonderen Szene wohl in manchen Kunstkreisen reißenden Absatz finden würden.

Wenn man sich die Szenerie so betrachtete, hatte man den Eindruck, dass im Hotel eines der bereits mehrfach stattgefundenen Shootings der Modebranche absolviert wurde.

Neben den Gegenständen der Toten, die akribisch von der KTU in sterile Tüten verpackt wurden, war die Befragung des Hotelpersonals der Hauptgrund für die Anwesenheit der Ermittler.

Aber das Thema Diskretion wurde auch im „SILO8" besonders behandelt und so war es selbstverständlich, dass es keinerlei Überwachungskameras im Hotel gab, deren Aufzeichnungen einen Anhalt auf den Tathergang hätten liefern können.

Also blieb dem Kommissar nichts Weiteres, als sich näher mit der Identität der Toten zu befassen um mögliche Motive aus dem beruflichen oder privaten Umfeld abzuleiten.

6

Meeting

Mr. Soon, der Leiter des Entwicklungsteams des SOL.AR.IS, hatte bereits mehrfach versucht Grit Swenson über die ihm bekannten Kontaktdaten zu erreichen.

Jedoch herrschte Funkstille, was für sie mehr als ungewöhnlich war. Im Grunde war sie immer erreichbar. Das gehörte bei ihrem Beruf einfach dazu.

Sie ließ auf sich warten also blieb ihm nur ein Anruf im Hotel. Dieser brachte zwar auch keine Aufklärung zu ihrem Verbleib, aber zumindest den Hinweis, dass Grit eingecheckt hatte.

Der Concierge konnte und wollte Mr. Soon kaum mehr verraten und so blieb nur, seine Telefonnummer aufzunehmen und diese Info an den Kommissar weiterzureichen.

„Vielleicht ist dies ein wichtiger Baustein in dem noch verworrenen Szenario", dachte der Concierge, während er den Mann am anderen Ende des Telefons höflich informierte, dass er leider nicht mehr preisgeben könne.

So blieb Mr. Soon also nichts anderes übrig, als das für heute geplante Abschlussmeeting zur Weltpremiere des „SOL.AR.IS" ohne die Teilnahme von Grit Swenson durchzuführen. Sie hatte in ihrer letzten

Mail mitgeteilt, noch finale Änderungen für die Markteinführung zusammengetragen zu haben und diese sollten heute präsentiert werden. Das Projekt, das bereits immense Summen in der technischen Entwicklung verschlungen hatte, musste schließlich auch im emotionalen Bereich die potentiellen Kunden überzeugen. Dies war ihr Fachgebiet und hatte einen wesentlichen Anteil am Erfolg des Projektes, vielleicht sogar einen größeren, als reine technische Daten.

Einen Misserfolg bei diesem Projekt konnte man sich nicht erlauben, da bereits andere Konkurrenten an ähnlichen Konzepten arbeiteten und zeitlicher Vorsprung blieb in der Automobilbranche bares Geld.

7

Pathologie

Bei der Sichtung der Asservate, die am Tatort zusammengetragen wurden, fiel auf, dass keinerlei elektronische Geräte aufgefunden wurden. Kein Smartphone, kein Laptop, und auch nichts Vergleichbares. Heutzutage konnte man ausschließen, dass eine Frau auf Geschäftsreise ohne solche Accessoires auskam und so konnte das nur bedeuten, dass diese für die Ermittlungen möglicherweise wichtigen Gegenstände sich entweder in den Händen des Täters befanden oder vorher vom Opfer an einem besonderen Ort sicher verstaut wurden.

Unterdessen hatte Frau Dr. Brand von der Rechtsmedizin die blasse Norwegerin auf ihrem Seziertisch aufgebahrt und startete erste Untersuchungen. Bei dem, was sich ihr darbot, hätte jeder Hausarzt einen natürlichen Tod auf Grund von Herzversagen diagnostiziert und einen Totenschein ohne weitere Vermerke ausgestellt. Rein körperlich ließ nichts auf eine unnatürliche Todesursache schließen, bis auf die Tatsache, dass der Leichnam, als er aufgefunden wurde, sich wohl kaum selbst aufbahren und in Szene setzen konnte.

Dank einer Drittmittelfinanzierung war die Rechtsmedizin der Universität Heidelberg mit den neuesten technischen Gerätschaften ausgerüstet, wie z.B. einem 12 Tesla MRT, der im Moment als State of the Art einen Darstellungsbereich des menschlichen Körpers verwirklichen konnte, die viele herkömmlichen pathologischen Untersuchungen überflüssig machten. Aber trotz der außergewöhnlich detaillierten Bildgebung von diesem High-Tech-Gerät konnte Dr. Brand noch keine finale Aussage zur Todesursache treffen.

Doch in Kürze sollten die ersten Ergebnisse der toxikologischen Blutuntersuchung vorliegen.

8

Feldversuch

Als Enrique von dem großen, endlos scheinenden, mit Blüten überzogenen Feld wieder zu dem Fremden ins Auto stieg, hatte er die Früchte seiner Arbeit, einen ganzen Arm voller frisch geschnittener Sonnenblumen bei sich. Vereinbart waren für den Studenten ein Honorar von zweihundert Euro.

Diese waren für den jungen Spanier aus Villareal in der Nähe von Valencia ein schnell verdientes Zubrot zur Sicherung der Lebenshaltungskosten für sein Studium der Betriebswissenschaften.

Der Umschlag mit den druckfrischen Noten lag schon im Kofferraum neben einer eigens für die Sonnenblumen vorbereiteten Box bereit, in die Enrique die perfekt gewachsenen Sonnenblumen legte. Als er im Anschluss im Fond des wohl mit Elektroantrieb ausgestatteten Fahrzeuges Platz genommen hatte, stieg der Fremde, den er bisher nie direkt zu Gesicht bekommen hatte, aus und kontrollierte nochmal die Ware im Kofferraum.

Enrique kam es zwar seltsam vor, als er vor einigen Tagen auf dem Uni-Campus in der Nähe des Schlosses angesprochen wurde, ob er sich nicht etwas dazuverdienen wolle, aber er konnte das Angebot wohl kaum ausschlagen. Der Mann erwähnte einige leichte Aufgaben und übergab ihm einen Zettel mit einer aufgedruckten Email-Adresse für weitere Anweisungen.

Die üppige Pauschalvergütung des Studenten konnte er natürlich nicht nur durch das Schneiden von Blumen enthalten, sondern er hatte auch noch eine Reise anzutreten und den genauen Anweisungen am Zielort, dem Bahnsteig des Frankfurter Hauptbahnhofes, Folge zu leisten.
Vielleicht besser so: Er verstand zwar nicht, was einen wildfremden Mann dazu brachte, ihm 200 Euro für die Besorgung einiger Blumen und das Übergeben an einem von seiner Heimat 1600 Kilometer entfernten Ort in Deutschland, aber mit seinem südländischen Charme das dies eher eine seiner leichtesten Übungen. In diesem Moment tat er jedoch alles lieber, als an die bevorstehenden Semesterprüfungen zu denken, vor allem wenn man damit noch etwas verdienen konnte und endlich einmal rauskam aus der Uni.

9

Wettlauf

Was heute jeder als Standard im Auto oder Smartphone zu schätzen weiß, hatte seine ersten Entwicklungsansätze beim Militär bereits in den 50ziger Jahren, wobei das allgemein als GPS bekannte Ortungssystem erst im Sommer 1995 für die zivile Nutzung zur Verfügung stand. Eine Grundlage der Entwicklung mit dem amerikanischen System „TRANSIT" der US-Marine war zwar bereits ab 1958 für die Army nutzbar, aber ähnlich dem Wettlauf der Großmächte zur Eroberung des Weltraumes, gab es auch in den 70ziger Jahren einen technischen Entwicklungskampf in der Forschung nach einer möglichst genauen Positionsortung.

Zu dieser Zeit gelang dem russischen Forscher Igor Krapinsky der entscheidende Durchbruch. Der US-Regierung war dies nur allzu schmerzlich bewusst und deshalb wurden keine Kosten und Mühen gescheut, die Ergebnisse des genialen Wissenschaftlers mit Hilfe von Spionageaktionen zu erlangen. In einer bitterkalten Dezembernacht im Jahre 1973 gelang dies mit einer spektakulären Aktion.

Jonathan White führte eine Gruppe von 4 Topspionen in dieser Nacht in die innersten Bereiche des russischen Geheimdienstes.

Der Abschluss der Aktion, der so eingeleitet wurde, musste akribisch vorbereitet werden. Es wurden Mittelsmänner und im Speziellen auch „Mittelsfrauen" eingeschleust; es musste das notwendige Vertrauen aufgebaut werden und das Ganze ohne Kontakt zu den Verantwortlichen um die Mission nicht zu gefährden.

Gerade über Olga Sarasova hatte Jonathan White viel des nötigen Vertrauens aufbauen können, welches er nun zu missbrauchen gedachte.

Als Leiterin der Forschungsabteilung war sie der Schlüssel um an die Arbeiten von Igor Krapinsky heranzukommen.

Das Team um Jonathan White schaffte es auf diesem Wege alle notwendigen Daten für die weitere Entwlcklungsarbeit in ihre Hände zu bekommen und schließlich den heutigen Irrglauben zu erschaffen, dass die Amerikaner das GPS erfunden hätten.

Doch in dieser Nacht wurde Jonathan White enttarnt und verschwand in russischer Gefangenschaft.

10

Nr.2

Die Frankfurter Kripo hatte durch die bevorstehende Automobilmesse mehr als genug zu tun. Deshalb gefiel es Hauptkommissar Heimer gar nicht, am späten Abend kurz vor Feierabend noch ins Frankfurter Westend in eines der attraktiven, vorwiegend von Investmentbankern bewohnten, Appartementhäuser gerufen wurde.

Eigentlich hatte er sich auf einen gemütlichen Abend in seiner Stammkneipe gefreut, um die Ereignisse der letzten Tage herunter zu spülen, doch eine Leiche konnte man eben nicht warten lassen und so machte er sich auf den wohl unvermeidlichen Weg.

An der ihm am Telefon durchgesagten Adresse angelangt, ließ Heimer erst einmal die Gesamtszenerie auf sich wirken um sich einen ersten Überblick über die Situation und die Begebenheiten am vermeintlichen Tatort zu verschaffen.

Die nach aktuellen Designansprüchen voll möblierte Wohnung glich der Darstellung eines dieser Hochglanzmagazine der internationalen Interieurszene.

Das in der Mitte des Wohn-Schlafraumes platzierte großdimensionierte Boxspringbett sah aus wie frisch bezogen, nur dass unter dem Bezug aus feinster, ägyptischer Baumwolle ein blasser Damenkopf mit langen blonden Haaren zu sehen war. Außerdem schaute ein Paar gefalteter Hände, mit einer besonders schönen Ausgabe einer wohl frisch geschnittenen Sonnenblume zwischen den schmalen, langgliedrigen Fingern, unter dem Laken hervor.

Auf den ersten Blick gab es keine Anzeichen auf ein Gewaltverbrechen und eine Selbsttötung konnte in Anbetracht der Situation ebenfalls als eher unwahrscheinlich angesehen werden. Der Kommissar beobachtete die Fachleute der Spurensuche und medizinischen Abteilung, die ihre gewohnt gründliche Arbeit absolvierten.
Er erkannte das eingespielte Schema und keiner der Anwesenden verlor große Worte über das, was er tat.

Mittlerweile war der Leichenwagen an einem Seiteneingang vorgefahren, um die anderen Anwohner der Luxusimmobilie nicht weiter zu verunsichern.

Auf dem Rückweg ins Präsidium zerbrach sich Heimer die ganze Zeit den Kopf darüber, was das ihm dargebotene Szenario für eine Symbolik für ihn bereithielt, denn ohne Absicht war diese Art der Präsentation sicher nicht inszeniert worden.
Im Geiste spulte er die letzten 25 Jahre seiner Dienstzeit ab, scannte seine Erfahrungen nach ähn-

lichen Verhaltensmustern und Vorgehensweisen, um sich einen Reim darauf zu machen was er gerade beobachten konnte. Eines war ihm besonders ins Auge gefallen, nämlich dass die Leiche fast behutsam behandelt wurde. Er hatte noch nie erlebt, dass ein Täter scheinbar die Absicht hatte, das Opfer wie auf dem Totenbett, bereit und zur letzten Ruhe gebettet, darzustellen mit friedlich verschränkten Händen und einem völlig entspannten Gesichtsausdruck. Was sollte ihm das sagen?

Unterdessen war er im Präsidium angelangt, hatte das Großraumbüro mit den grauen Einheitsmöbeln und blassblauen Trennwänden zwischen den einzelnen, völlig von Aktenstößen und sonstigen Büroutensilien überfrachtet, betreten und hing seinen Mantel an die dafür vorgesehene Garderobe. Ihm wurde bewusst, dass seine Gedanken, die sich immer noch simultan in alle möglichen Richtungen entwickelten, ihn heute nicht eher Ruhe finden lassen würden, bis nicht die übliche Schreibarbeit zur Dokumentation hinter sich gebracht hatte; Drinks und das Spiel in seiner Lieblingskneipe hin oder her.

11

Frosch

Dr. Brand kam gerade ins Labor, als ihr junger Student, der für einige Monate zur Unterstützung der Abteilung der Rechtsmedizin zugeteilt wurde, sie bereits sehr aufgeregt empfing.

Er musste erst mal etwas zur Ruhe kommen, bevor er ihr, dennoch sehr hastig und aufgebracht,die Ergebnisse der toxikologischen Untersuchung präsentierte.

Es gab zwar in der internationalen toxikologischen Datenbank einige Fälle, in denen das Pfeilgift des kolumbianischen sogenannten schrecklichen Pfeilgiftfrosches verwendet wurde, aber es war kein einziger Fall bekannt, in dem die Giftstruktur synthetisch hergestellt wurde. In der genetischen Bestimmung des Stoffes wurden, so konnte auch die Pathologin mit geschultem Blick auf den Bericht sofort erkennen, keine Hinweise auf organische Stoffe gefunden.

Wer auch immer hier beteiligt war, er musste ein immenses pharmazeutischen Wissen besitzen, so dass aus dieser Sichtweise der Täterkreis zwar eingegrenzt wurde, es allerdings die Suche auch nicht einfacher machte.

Kommissar Klocke bekam die Ergebnisse fast zeit-
gleich mitgeteilt. Doch auch er konnte dieser Tatsache zunächst nichts weiter abgewinnen.

Was ihm allerdings sehr wohl weiterhelfen konnte,
war der Fakt, dass in der Presse über einen fast
identischen Fall im gerade mal 90 km entfernten
Frankfurt berichtet wurde. In Folge auf diese neue
und hoffentlich bahnbrechende Information veranlasste der Kommissar sofort, dass die Leitung beider
Kommissariate so schnell wie möglich miteinander
in Kontakt traten und die „SOKO SUNFLOWER" ins
Leben zu rufen.

12

Karlskrona

Olga und Jonathan begegneten sich 1970 das erste
Mal im südschwedischen Karlskrona, der Hochburg
der maritimen Forschung an Tarnkappenbooten, die
hier im Marinestützpunkt der schwedischen Streit-
kräfte nach Informationen sowohl des russischen,
als auch amerikanischen Geheimdienstes in der
Entwicklung waren.

Jonathan, der hier als amerikanischer Hippikünstler der siebziger Jahre einen Sommerworkshop für Malerei veranstaltete, war ein Typ, der es bei Frauen mehr als leicht hatte. Er gefiel sich in seiner Rolle, auch wenn sie nur als Tarnung und für einen möglichst plausiblen Grund herhalten musste, um über einen längeren Zeitraum diesen Küstenstreifen zu besuchen.

Sein kalifornischer Charme, gepaart mit einem durchtrainierten Body und einem gewissen Witz, waren der Schlüssel zu vielen Informationen und er wusste diese Fähigkeiten, mehr als seinen Vorgesetzten lieb war, einzusetzen.

Auch Olga, die im gleichen Hotel im Zentrum von Karlskrona untergebracht war, konnte den Reizen des Amerikaners nicht widerstehen, obwohl in ihrem sensiblen Aufgabenbereich der Ortungssystemforschung das Wort Gefühl eher eine untergeordnete Bedeutung hatte.

Doch als sie eines Abends unter der Hotelzimmertüre einen Zettel mit einer handgeschriebenen Notiz fand, konnte sie dem Drang, dem geheimnisvollen Fremden etwas auf den Zahn zu fühlen, nicht widerstehen und ihre Leidenschaft wurde entfacht.

Liebe Olga,

es bedarf schon etwas Besonderem, wenn mich ein Mensch nach kurzer Zeit so nachhaltig beeindruckt und ich kaum mehr aufhören kann, an ihn zu denken.
So etwas ist sehr, sehr selten und mir so noch nie passiert.
Ich sehe dich als "Muse", die auf eine sehr spezielle Art fasziniert und inspiriert. Ich muss dich besser kennenlernen

JONATHAN

13

Pressekonferenz SOL.AR.IS

Der Blick wurde in dem komplett abgedunkelten Raum durch unzählige LED-Strahler auf ein Meer von Sonnenblumen gerichtet, das laut einer Aussage des Marketings den Bogen zur Präsentation des „SOL.AR.IS" schlagen sollte.
Da die bisherigen Ermittlungsergebnisse um den mysteriösen Tod von Grit Swenson streng vertrau-

lich behandelt wurden, war die makabre Note des Blumenschmuckes niemandem negativ aufgefallen.

Die letzten Ideen Grits konnten zwar nicht mehr in eine erste Presseinfo einfließen, aber auch ohne ihr Zutun war das Interesse der Medienvertreter riesig. Es war jedoch nicht vorgesehen, dass Fotos, Modelle oder gar ein Prototyp gezeigt wurden.
Es gab ihn zwar schon, aber er war an einem noch geheimen Ort und nur dem engsten Kreise des Entwicklungsteams bekannt. Die Präsentation sollte erst in Kürze auf der Messe in einer speziellen Inszenierung für die Öffentlichkeit stattfinden.
Mr. Soon war es bei solchen Veranstaltungen gewohnt sich den Pressemitarbeitern und Fotografen zu stellen, aber dieser Ansturm überraschte auch ihn.
Die Menge hatte mit ihrer Akkreditierung bestätigen müssen, keine Zwischenfragen zu stellen, sondern nur den Ausführungen des Leitungsteams von SOL.AR.IS zu folgen um auf diese Weise den Spannungsbogen noch weiter zu dehnen.
Die Daten die Mr. Soon präsentierte, ließen die Menge immer wieder aufhorchen und zu einem sonoren Murmeln verleiten.
Teils ungläubige Blicke verstärkten noch diese zum Zerreißen gespannte Atmosphäre.
Nach genau 30 Minuten war die erste offizielle Veranstaltung vorbei und die schreibende Zunft mach-

te sich sofort daran, Informationen über das Medi-
ennetz der Erde zu verbreiten, was dazu führte,
dass der Aktienkurs der SOL.AR.IS AG sprunghaft
anstieg.

Mr. Soon war sehr zufrieden, denn auch dies war
Teil der Strategie und von langer Hand geplant.

14

SOKO

Im Gegensatz zur - durch unzählige TV-Serien verstärkten - weit verbreiteten Meinung, in denen die
Kommissare der Kripo meist mit den neuesten Mo-
dellen deutscher Automobilbaukunst aufwarten
können, fuhr Kommissar Heimer in seinem gut 10
Jahre alten Dienstwagen, einem VW Sharan, von
Frankfurt nach Mannheim. Ziel war das dortige Poli-
zeipräsidium, in dem in knapp einer viertel Stunde
ein erstes Brainstorming zum Sunflower-Fall geplant
war.

Nach der Begrüßung des Mannheimer Mitarbeiter-
teams der SOKO, wurde von Heimer zunächst ein
adäquater Stellplatz für seinen geliebten Toaster
ausfindig gemacht, um sein morgendliches Ritual

eines genau 123-sekündigen Toastvorganges auf Röststufe 4 zu zelebrieren. Er liebte und benötigte diese kleinen Zeremonien, für die er von Vielen nur schräg angesehen wurde, gleichermaßen. Sie halfen ihm einfach, sich auf die Dinge zu konzentrieren, auf die es bei so einem absonderlichen Fall ankam.

Hier schien es jedoch anders, denn fast jeder im Team schien seine kleinen Macken des Alltages zu haben. Nachdem sich alle ein paar Minuten für ihre „konzentrationssteigernden Maßnahmen" genommen hatten, standen die Fakten des Falles oder besser der Fälle im Vordergrund. Sämtliche Fakten wurden Stück für Stück verglichen und analysiert um dem oder den Tätern auf die Spur zu kommen.

So ließen sich keinerlei Verbindungen zwischen den beiden Damen, die auf solch bewusst inszenierte Weise zu Tode kamen, feststellen.

Lediglich der Fakt, dass beide sehr erfolgreich in ihrem jeweiligen Beruf in der Geschäftswelt waren. Grit Swenson als international anerkannte Forscherin von Megatrends und Meike Mutke, die ihren Lebensunterhalt mit dem Verkauf von Luxusimmobilien bestritt. Und dies mit großem Erfolg, sodass sie sich ihr Nobelappartement auch wirklich hatte leisten können, was die ersten belastbaren Auskünfte ihrer Bankverbindungen ergaben.

Als nächstes waren die Ergebnisse der Bewegungsprofile der bekannten Mobilfunknummern der beiden Opfer abzugleichen, sobald diese vorlagen.

Eine richterliche Genehmigung konnte kurzfristig erwirkt werden, sodass innerhalb der nächsten Stunden die Daten bei der SOKO eintreffen sollten.

Da man nach dieser ersten Bestandsaufnahme nun die Mühlen des Rechtsapparates erst einmal etwas arbeiten lassen musste, konnten Heimer und Klocke in der Zwischenzeit bei einem Feierabendbierchen in Ruhe ihre Gedanken zu den beiden Fällen austauschen.

15

SILO inside

Den Zugang zu den Waben erreichte man über ein verdeckt liegendes, ehemaliges Pegelbauwerk, welches nach einer Neuinstallation einer digitalen Großanzeige nun an einer etwas flussabwärts liegenden Stelle des Rheins zu finden war.

Der Weg führte weiter zu einer internen Treppe, die früher innerhalb der Getreidesilos zu Revisionszwecken genutzt wurde und alle Ebenen erschließen konnte, sofern, wie hier im Geheimen geschehen, auch Zwischendecken eingebaut wurden.

Da von außen keine Fensteröffnungen zu erkennen sein sollten, waren die Räume an den Innenseiten der Außenwände mit großflächigen organischen LED-Flächen, sogenannten OLEDs ausgestattet. Diese sorgten zum einen für die Beleuchtung und zum anderen wurden über Mikrokameras in der Fassade die Ausblicke auf die Umgebung in den Innenraum auf diese Flächen projiziert. Ein ähnliches Konzept soll in absehbarer Zukunft in Flugzeugen Anwendung finden, um auch hier die Fensterflächen einzusparen und ein aerodynamischeres Design zu ermöglichen.

Ein Ort ohne Anschrift, mit einem Bewohner ohne Namen.

16

3rd Flower

Die klar strukturierten Klassiker der Baukunst in der Weißenhof-Siedlung Stuttgart hatten ungefähr den gleichen Gestaltungsanspruch, den jemand haben musste, der bestimmte Vorstellungen hat, wenn es

darum geht, eine Leiche so bewusst in Szene zu setzen.

Und auch hier war es wieder eine Frau mit blassem
Teint und einer Sonnenblume in den gefalteten
Händen.

Da mittlerweile über das LKA in Stuttgart Infos der
SOKO „Sunflower" aus Mannheim in Umlauf waren,
konnten die ersten Zusammenhänge unmittelbar
abgeleitet werden. Der Vorteil hieran war, dass nun
nach dem dritten Fall mit Sicherheit davon ausge-
gangen werden konnte, dass es sich um einen Serientäter handelte.

17

Darkness in Russia

Nach der Entlarvung von Jonathan White verschwand er in den Händen des russischen Geheimdienstes und wurde dort als „großer Fisch" auch
dementsprechend behandelt.

Für ihn war nicht absehbar und er war der Gewissheit nah, dass er weder seine Olga, noch andere
Freunde je wieder sehen würde. Von denen hatte er
auf Grund seines Berufslebens als Spion ohnehin
nicht allzu viele, eher lose Bekanntschaften.

Aber weder ihm vertraute Menschen noch Tages-
licht bekam er in der nächsten Zeit zu sehen und
musste seinen Tagesablauf auf max. 10 Quadratmeter bestreiten.
Für jemanden wie Jonathan, der es gewohnt war,
ständig unterwegs zu sein, war dies schlimmer als
die Todesstrafe, die ihm dieses Leid eines Lebens
ähnlich dessen eines Tigers im Käfig, erspart hätte.

In seinem Kopf rasten Gedanken wie Gewitterblitze
und immer wieder kam ihm die Frage, wer wissen
konnte, was mit ihm passierte und was im Hintergrund der politischen Bühne eventuell geschah um
ihn aus seiner misslichen Lage zu befreien. Ob er
womöglich einfach abgeschrieben wurde?

Auf jeden Fall konnte er hoffen, dass seine Helfer
bei der Dezemberaktion alle Daten und Informationen sicher in die USA hatten bringen können und so
die Aktion zumindest aus der Sicht der Auftraggeber
erfolgreich war.

18

Spurensuche

Nachdem sich das LKA Stuttgart mit in die Ermittlungen eingeschaltet hatte, musste die organisatorische Herausforderung bewältigt werden, die bereits vorhandenen Daten und Erkenntnisse allen Beteiligten zugänglich zu machen und gleichzeitig den vertrauensvollen Umgang zu gewährleisten.

Die Leitung der SOKO unterstand nach wie vor Kommissar Klocke, der mit seinem Frankfurter Kollegen Heimer aus den nun vorliegenden Bewegungsprofildaten der Opfer erste Schlüsse ziehen konnte.

Zwar waren die Geräte von Grit Swenson immer noch nicht aufgetaucht, jedoch konnten die Kommissare die Kontaktdaten über die Abbuchungsnachweise des Mobilfunknetzbetreibers von ihrem Konto ermitteln. Bis zum Einchecken im Hotel „SILO8" konnten so auch ihre Kontakte und physischen Einwahlpunkte in das Mobilfunksystem nachvollzogen werden.

Da alle Opfer beruflich äußerst viel unterwegs waren, konnten neben den Mobilfunkverbindungen auch die Flug, Bank- und Taxidaten in Einzelsegmenten zu einem Bewegungsbild zusammengesetzt werden.

Zum Glück bewegten sich alle bevorzugt mit diesen Verkehrsmitteln.

Außer der in Stuttgart lebenden Designerin, die unter anderem für den Porsche Konzern tätig gewesen war und so in ihrer Garage einen kaum gefahrenen 911er stehen hatte, waren die beiden anderen Opfer ausschließlich mit öffentlichen Verkehrsmitteln unterwegs.

Eine erste gemeinsame Schnittmenge ergab sich aus der Tatsache, dass alle vor ihrem Ableben die Beförderungsmittel der Bahn, oder zumindest einen Aufenthalt auf Bahnhöfen „genossen".

Doch welche Gemeinsamkeiten sollten sich hinter den ICE-Drehkreuzen Frankfurt, Mannheim und Stuttgart erkennen lassen?

Was jedoch vielversprechend schien, war die Tatsache, dass allen mittlerweile ermittelten Taxifahrern noch die Sonnenblumen im Gedächtnis waren. Der Vertreter aus Mannheim konnte sich sogar noch an die Worte von Grit Swenson erinnern, dass die „Prachtexemplare" ein Geschenk auf dem Bahnsteig waren.

Eventuell ließ sich ein verwertbares Bild des geheimnisvollen Gönners ermitteln? Doch Fehlanzeige: Da die Aufzeichnungen der Überwachungskameras an den Bahnsteigen aus Datenschutzgründen nur 24 Stunden gespeichert werden durften, waren auch hier keine neuen Hinweise zu finden.

Vielleicht hatte ein anderer Reisender zufällig eines der Opfer auf dem Bahnhof fotografiert. Beinahe jeder hatte heute ein Smartphone und gerade auf Bahnhöfen wurden mit Hilfe der eingebauten Kameraobjektive eine Vielzahl von Schnappschüssen erzeugt. Diese Spur hatte durchaus eine reelle Chance auf Erfolg.

19

Tatort 1

Heimer und Klocke machten sich zusammen auf den Weg, um sich in Ruhe noch einmal ein Bild von den Geschehnissen im SILO8 Hotel zu machen.
Um so unauffällig wie möglich zu agieren, hatten die beiden sich Zimmer gebucht, was durch die laufende Automobilmesse in Frankfurt nur durch die Tatsache möglich war, dass zum Einen das Zimmer von Grit Swenson für die ganze Woche gebucht war und demnach wieder frei stand und zum Anderen ein Gast aus China wegen Visaproblemen nicht angereist war.
Vielleicht gab es ja doch noch Hinweise vom Personal oder in diskreten Befragungen auch von Gästen, die schon zum Zeitpunkt des Todes von Grit Swenson anwesend waren. Laut Gästeliste immerhin

sieben Zimmer, fast alle bewohnt von Messebesuchern, die Mannheim der Messestadt Frankfurt den Vorzug gaben. Manche waren sogar als VIP-Gäste von den Autokonzernen hier untergebracht worden, um am Morgen und Abend mit den neuesten Fahrzeugen der automobilen Oberklasse zur Messe chauffiert zu werden.

Als zweites wollten sie ihr Augenmerk auf das Gebäude legen und die Untersuchung dahingehend lenken zu ergründen, weshalb keiner der Anwesenden oder Verantwortlichen etwas gesehen oder gehört hatte.

Die leitenden Architekten vom Büro „SUP5" versorgten die SOKO mit genügend virtuellem Planmaterial und 3D Darstellungen des Projektes, um sich über eventuelle Ecken und Nischen, die bisher nicht untersucht wurden, kundig zu machen.

Dazu gehörte auch die 700 Quadratmeter große Kletterwandskulptur „MANNHEIM-VERTICAL", die mit ihrer Ausrichtung zur Wasserseite den Kletterbegeisterten der Region die Möglichkeit gab, sich beim Überklettern der Mannheimer Stadtquadrate in Szene zu setzen.

Die Fläche stilisierte den Grundriss der Innenstadt, der so von weit her schon als Visitenkarte Mannheims zu erkennen war.

Doch dies stellte sicherlich kein Versteck für einen Täter dar, der sich ja irgendwo aufhalten musste.

Doch gab es eventuell versteckte Zu- oder Ausgänge, die im Rahmen der Revitalisierung des alten Speichergebäudes übersehen wurden. Durch einen dieser Wege könnte sich der Täter Einlass verschafft haben und auch wieder unbemerkt verschwunden sein, nachdem er mit seiner Aufbahrung abgeschlossen hatte.

Und so begannen Heimer und Klocke so diskret wie möglich jeden Winkel des Hotels genau unter die Lupe zu nehmen.

20

Einblicke

Auf den riesigen Displays waren Heimer und Klocke gestochen scharf und in Echtzeit zu sehen. Durch Umschalten der Blickwinkel konnten sie fast ununterbrochen bei ihren Untersuchungen beobachtet werden. Nicht einmal die Hotelzimmertüren stellten eine Grenze dar. Vielmehr konnten alle Zimmerbereiche von den fremden Blicken erfasst werden.

Man sah die Lieferanteneingänge, die Küche, die Servicebereiche genauso, wie die Räumlichkeiten der sieben Gäste, die bereits beim mysteriösen Ableben von Grit Swenson eingecheckt hatten.

Darunter fanden sich Herr Büttner und Herr Hoschick, zwei Besucher der Automobilmesse, die mit ihren Sportwagen aus Zürich angereist waren. Außerdem zwei Kunden eines nahegelegenen Chemieunternehmens, ein professioneller Pokerspieler, sowie ein Doktor der Philosophie.

Und gerade mit diesen hochgeistigen Aussagen über die Wahrnehmung und Realität von Farben, Tönen und der Wertigkeit von Zeit, hatte Heimer so seine Probleme.

Aber auch diesen Gedankengängen musste nachgegangen werden, ob nicht doch eine wichtige Information zu weiteren Ermittlungserkenntnissen führen konnte.

Heimer und Klocke suchten das Gespräch mit diesen, womöglich wichtigen, Zeugen und baten diese auf die Zimmer der Kommissare.

Zu der Komplexität, diskret vorgehen zu müssen, kam noch erschwerend hinzu, dass die Presse, trotz aller Vorsichtsmaßnahmen, von den Morden Wind bekommen hatte und wie üblich ihre eigenen Schlüsse zog. Die übermütigen Reporter hatten versucht, so viel Profit wie möglich aus den tragischen Morden zu schlagen und so hatte es sich herumgesprochen, wo die Taten und die Szenen der Aufbahrungen vollzogen worden waren.

Es ist nur menschlich mit solchen Begebenheiten nichts zu tun haben zu wollen und so waren die meisten der Befragten nicht sonderlich gesprächig.

Die Vernehmungen schienen schon ins Leere zu laufen, als das Gespräch mit dem Doktor der Philosophie, Dr. Carsten aus Heilbronn, eine verheißungsvolle Wende bringen sollte. Zwar konnte Heimer den Ansätzen des Doktors über Realität und Wahrnehmung zunächst nicht ganz folgen, aber er bemühte sich, den langwierigen Ausführungen nützliche Informationen abzuringen. Am Ende des Gespräches war er sich immer noch nicht sicher, ob sich diese Befragung als wertvoller erwiesen hatte, als die vorangegangenen, aber irgendwas daran ließ ihn nicht mehr los. Heimer entschied, sich die Zeit zu nehmen, weiter über dieses Gespräch nachzugrübeln. Er zog sich auf sein Zimmer zurück, informierte Klocke kurz angebunden, dass er nachzudenken habe und vertiefte sich in seine Notizen:

FARBEN- Realität und Wahrnehmung

Wann ist Rot wirklich Rot?
Ist das was wir sehen, bzw. was wir denken zu sehen die Realität oder nur ein Abbild unserer biochemischen Gedankenwelt?

21

Enrique

Dem Aufruf der Polizei folgend, hatten einige Reisende ihre Fotos, die sie ohne zu wissen, was sie auf dem Bahnhof im Zusammenhang mit den Morden an den drei Damen aufnahmen, an die „SOKO-Sunflower" übermittelt.

Und tatsächlich war auf einigen Gruppenbildern einer amerikanischen Austausch-Schulklasse, die von ihren Gasteltern verabschiedet wurde, sowohl Grit Swenson, als auch ein wohl eher südländischer junger Mann mit Sonnenblumen in der Hand zu sehen.

Mit diesen Aufnahmen konnte die Presse ihren ersten positiven Beitrag zur Ermittlung beitragen, indem sie vergrößerte Versionen des Konterfeis des Verdächtigen in den Tageszeitungen der Tatortregionen abdruckte.

Als Enrique Vasco von einem Geburtstagsbesuch bei seinen Eltern aus Spanien in Frankfurt landete, war er sehr überrascht, dass er unverkennbar sein Abbild auf einer der Titelseiten der Frankfurter Allgemeinen sah.

Nachdem er den Beitrag zu seinem Bild mit der Sonnenblume gelesen hatte, wurde ihm merklich warm und er versuchte erst einmal so schnell wie möglich mit dem ICE nach Mannheim in seine Wohnung zu kommen und in Ruhe über seine Situation nachzudenken.

Im Nachhinein kamen ihm seine Gefälligkeiten, die er für den ihm fremden Mann tätigte schon sehr merkwürdig vor und dass er jetzt sogar mit drei Mordfällen in Verbindung gebracht wurde, sprengte seine bisherigen Vorstellungen und er sah sich anstelle im Hörsaal die nächste Zeit in einer Zelle.

In erster Panik löschte Enrique alle Emails, die er für seinen Studentenjob mit dem Typen getätigt hatte.

Nach weiterem Überlegen entschloss sich Enrique jedoch zur Flucht nach vorne und griff zu seinem Smartphone.

22

Weltpremiere

Nachdem einige Hersteller ihr Pulver an Neuigkeiten schon längst verschossen hatten, wählte man für die Vorstellung des „SOL.AR.IS" bewusst einen späteren Zeitpunkt der Messewoche, um die Neugier der bisherigen Ankündigungen noch etwas zu steigern.

Für die VIP-Veranstaltung der Weltpremiere waren neben den bereits akkreditierten, internationalen Pressevertretern eine Menge Prominenz aus Politik, Wirtschaft und High Society geladen, die in der Vermarktungsstrategie eine der Hauptinteressentengruppe darstellten.

Ein Auto, wenn auch vergleichsweise extrem teuer, ergab bei den Reichen und Schönen dieser Welt durchaus Sinn, denn sich mit einem grünen Öko-Gewissen und völlig geräuschlos auf der Straße zeigen lassen zu können, war durchaus erstrebenswert.

Der zweigeschossige Messestand der SOL.AR.IS AG, musste für die Premiere weiträumig abgesperrt werden, um die geladenen Gäste nach einer Kontrolle ihrer persönlichen Einladung nach und nach zur Präsentationsfläche ins erste Obergeschoss zu geleiten. Das ganze Szenario war ähnlich der Pressekonferenz; eine spärlich beleuchtete Bühne, sodass die Gäste teilweise Mühe hatten ihr Gegenüber im Gespräch genauer zu erkennen.

Etliche Sicherheitskräfte der Größen aus Politik und Wirtschaft hatten ihre liebe Not den Überblick zu behalten, um die ihnen anvertrauten Personen, die im Moment hauptsächlich mit feinem Fingerfood und Cocktails beschäftigt waren, die notwendige Sicherheit zu gewähren.

Auch Heimer und Klocke waren unter den Gästen, um eventuelle Besonderheiten oder Verbindungen, die mit dem Tod von Grit Swenson zusammenhängen mochten, mit ihren feinen Sinnen eines geschulten und erprobten Ermittlers aufzunehmen.

In einem Vorgespräch zur Veranstaltung hatte Mr. Soon den beiden Kommissaren noch einmal für ihre bisherige Arbeit gedankt und die Hoffnung ausgesprochen, diese grausamen Todesfälle aufgeklärt wissen zu wollen.

Doch am heutigen Abend stand das Geschäft im Vordergrund und schließlich wurden zum Abschluss des Projektes keine finanziellen Mittel gescheut um eine perfekte Inszenierung zu erzielen.

Die eigens für diese Veranstaltung komponierte Symphonie „Go Green" schaffte den musikalischen Rahmen, die mit einer Live-Darbietung der Dresdener Staatskapelle meisterhaft in Szene gesetzt wurde.

Nach dem Intro folgte mit Rauch, Scheinwerfern und weiterer abgestimmter Passagen der Symphonie die Hinleitung zum Höhepunkt der Präsentation, des einzigartigen „SOL.AR.IS".

Perfekt mit der musikalischen Untermalung der Dresdener Profis getaktet, öffnete sich der Boden im Zentrum der Eventfläche im ersten Obergeschoss und ein komplett verhülltes Fahrzeug stieg lautlos hinaufgleitend in Fokus der Strahler und auch der geladenen Gäste.

Nachdem sich die Klappen im Boden geschlossen hatten, begann der fast fünf Meter lange und an den Kotflügeln zwei Meter messende serienreife Prototyp mit einer 360° Drehung, bei der sich über fast unsichtbare Fäden die silberglänzende Seiden-stoffabdeckung langsam lichtete, um nach und nach einen Blick auf den „SOL.AR.IS" freizugeben.

Als die Abdeckung die letzten Zentimeter vom neu-en E-Wunder preisgab, präsentierte es sich mit ei-nem weiträumigen Blick durch die Frontscheibe in den Innenraum und einigen Zuschauern in den ers-ten Reihen stockte der Atem.
Was sie auf der Fronthaube sahen, war der blasse Teint von Soe Bim, der Leiterin des Designteams und Spezialistin für parametrisches Entwerfen, die den SOL.AR.IS die letzten drei Jahre Tag für Tag in seiner Gestalt optimiert hatte. Als krönender Ab-schluss ihrer Leistung lag sie nun auf ihm aufge-bahrt, mit einer Sonnenblume in den Händen, der gesamten Öffentlichkeit präsentiert.
Noch bevor alle Gäste dies mitbekamen, ver-schwand der SOL.AR.IS samt Soe Bim wieder in der Vertiefung der Bühne, aus der er gekommen war und die Veranstaltung wurde umgehend, unter dem

Vorwand von technischen Problemen, abgebro-
chen, um eine Panik am Messestand zu vermeiden.

Die Tochter von Mr. Soon, Charlotte Ulrike Soon,
oder wie auf ihrer Visitenkarte stand,

LEITUNG MARKETING

C U SOON

SOL.AR.IS AG

---

die bei der SOL.AR.IS AG für den Bereich Marketing
zuständig war, konnte den Ermittlern auf Anhieb
eine Liste mit allen für den heutigen Abend registrierten Gästen zur Verfügung stellen.
Dazu noch eine Auflistung aller internen Mitarbei-
ter, sowie weitere an der Veranstaltung beteiligten
Personen, wie Musiker, Bedienstete des Catering,
sowie der Stagecrew und der Technik.

Beim ersten Querlesen der insgesamt ca. 500 Personen fielen Klocke die bereits bekannten Namen
der beiden Schweizer Privatiers Büttner und

Hoschick auf, die sie ja bereits in Einzelgesprächen im Hotel SILO8 befragt hatten.

Doch die beiden finanzkräftigen Schweizer hatten ihren Fokus offensichtlich eher auf ein Investment in die SOL.AR.IS AG gelegt, sodass es unwahrscheinlich war, dass die beiden das potentiell gewinnbringende Projekt irgendwie gefährden sollten.

Alle anderen Personen hatten sich nach Aufnahme ihrer Personalien, sofern diese nicht ohnehin ausreichend bekannt war, zur Verfügung zu halten, um eventuelle weitere Befragungen oder die Abnahme von Fingerabdrücken durchzuführen.

Als die benachrichtigten Beamten der Spurensicherung und der KTU endlich eintrafen, wurde auch dieser neue Tatort akribisch auf mögliche Details untersucht und alle auch noch so winzigen Einzelteile gesichtet.

23

Giftspur

Obwohl noch nicht klar war, ob auch das vierte Opfer durch einen identischen Giftstoff wie die drei vorhergehenden Opfer zu Tode kam, gingen die beiden Hauptermittler von dieser Tatsache aus.

Dr. Brand lagen nur wenige Stunden später weitere toxikologische Detailuntersuchungen der ersten drei Opfer vor, die dokumentierten, dass der zu starken, inneren Krämpfen führende Stoff Batrachotoxin nachgewiesen werden konnte. Das kurz als „BTX" bezeichnete Gift stammte ursprünglich vom gelben Pfeilgiftfrosch. Doch auch dieses Mal konnten spezielle synthetische Einzelbausteine entdeckt werden, die auch schon beim letzten Mal in die Besonderheit der „Tatwaffe" darstellte.

Erstaunlicherweise kamen nach Recherche mit den Datenbanken des BKA einzelne Bestandteile davon immer wieder in unterschiedlicher Zusammensetzung im Zusammenhang mit Todesfällen vor, bei denen vermutet wurde, dass Geheimdienste aus Osteuropa in den Fällen involviert gewesen waren.

Aber Vermutungen brachten weder das Team von Frau Dr. Brand, noch die SOKO Sunflower einen Schritt weiter.
Weder im Bereich des Hotels SILO8, noch um das Projekt SOL.AR.IS waren bisher osteuropäische Personen bei den Ermittlungen vorgekommen, also auch keine Anzeichen eines staatlichen Komplotts.
Doch eine der Eigenschaften von Geheimdiensten sollte ja gerade sein, dass sie nicht spürbar arbeiten und so konnte auch eine mögliche Beteiligung von dieser Seite nicht ausgeschlossen werden.

Was allerdings ebenfalls dagegen sprach, war, dass alle bisher bekannten Morde in diesem Kreise für gewöhnlich Einzeltaten und nicht, wie dem aktuellen Profil nach, einem Serientäter zuzuordnen waren.

Wer hatte Interesse daran, Frauen ohne eine offensichtliche Verbindung zueinander, allesamt großgewachsen und ausgesprochen hübsch, auf eine so inszenierte Art, nach ihrem grausamen Giftmord, zu präsentieren?

Auch die hinzugezogenen Profiler des LKA Stuttgarts hatten bisher noch keine brauchbare These aufstellen können, die zu einem Täterprofil führte und die Gedankenstruktur samt Motiv des Täters entschlüsselte.

24

Olga u. Jonathan

In der Zeit nach Karlskrona führten die Wege von Olga und Jonathan die beiden immer wieder zusammen, ohne dass Olga die eigentliche Berufung von Jonathan auch nur im Entferntesten erahnte.

Für sie war er das Fenster zum Westen, der ihr den teilweise tristen Alltag in den Forschungsinstituten versüßte.

Mit seinen als „Künstler" freien Gedanken traf er in ihr Herz und füllte es mit der Hoffnung, eines Tages einmal ohne die Hindernisse von Staaten, Ideologien und Grenzen, zusammen mit ihm die Welt bereisen zu können.

Aus diesen Träumen, so frei wie ein Segel im Wind zu sein, schöpfte sie Kraft die vielen Entbehrungen eines Lebens unter den Zwängen des Sozialismus zu ertragen.

Jonathan konnte unter dem Deckmantel eines offiziellen, von einigen internationalen Museen und Gutachtern mit Expertisen ausgestatteten, Künstlers auch in Russland aus dieser Szene heraus verdeckt arbeiten, dass über einige Jahre niemand Verdacht schöpfte.

Dank einer großen Anzahl von Mitarbeitern im Hintergrund des amerikanischen Geheimdienstes konnte seine scheinbare Identität glaubwürdig erschaffen werden.

Olga verschaffte ihm als Begleitung Zutritt zu vielen Veranstaltungen in elitären Kreisen von Kultur und Gesellschaft, bei der meist auch gewisse Genossen und Genossinnen aus Machtkreisen und Geldadel vertreten waren.

Die Freiheit eines Künstlers hatte gerade in den Zeiten des kalten Krieges eine besondere Wirkung ausgestrahlt und so konnte der Deckmantel bis zur besagten Dezembernacht im Jahre 1973 aufrechterhalten werden.

25

Enrique II

Zurück im Hotel SILO8 ließ Klocke die vergangenen Stunden nochmal als Film vor seinem inneren Auge ablaufen. Kollege Heimer war derweilen in Frankfurt geblieben, um dort die aktuellen Ermittlungen um den Todesfall bei der SOL.AR.IS AG zu leiten.
Die Ruhe im Hotel wirkte entspannend, sodass die Verarbeitung der Ereignisse ihm in den Schlaf folgen musste.
Und auch die Blicke aus dem Dunkeln folgten ihm.
Und nicht nur ihm!
Trotz der teils wirren Traumsequenzen war Klocke am Morgen so gut ausgeschlafen wie selten, sodass er schon früh am nächsten Morgen nach kurzer Fahrt, mit dem noch kalten 5,4 Liter Motor seines BITTER CD, das Präsidium erreichte.

Nach einer obligatorischen Tasse Kaffee und einem, mittlerweile auch für Klocke, perfekt gerösteten Toast, kamen alle Mitglieder der SOKO Sunflower zur Morgenbesprechung. Die aktuellen Informationen sollten untereinander abgeglichen werden.

Offenbar hatte sich am gestrigen Abend nachdem Klocke den letzten Tatort verlassen hatte noch einiges getan und es gab neue Erkenntnisse. Eine der wichtigsten Neuerungen war ein Anruf eines Studenten. Ein gewisser Enrique Vasco hatte sich gemeldet, da er sein Fahndungsfoto vom Bahnhof zusammen mit Grit Swenson und den Sonnenblumen gesehen hatte.

Auf Grund der Tatsache, dass er sich eigenständig gemeldet hatte, gingen die Kommissare davon aus, dass er sich entweder stellen wollte oder die Umstände erklären konnte und somit wurde davon Abstand genommen, ihn unmittelbar in Gewahrsam zu nehmen, sondern ein kurzfristiger Anhörungstermin noch am selben Tag vereinbart.

Gegen 15 Uhr erreichte Enrique das Präsidium und stand für seine Aussage bereit.

Dem Kommissar berichtete er von der merkwürdigen Person, die ihn kontaktiert hatte, der Begegnung und den weiteren Ereignissen im Zusammenhang mit seinem besonderen Studentenjob.

Da er für die unterschiedlichen Todeszeiten der Damen jeweils sehr plausible Alibis vorweisen konnte blieb nur die Hoffnung über seinen Laptop Daten brauchbar wiederherstellen zu können. Um entgegen des Gefühls der Glaubwürdigkeit jedoch sicher zu gehen, rief der Kommissar kurzerhand einen Assistenten herein und bat ihn, die Angaben des jungen Iberiers zu überprüfen.

Die Beamten der KTU wurden ebenfalls beauftragt, das Laptop in Empfang zu nehmen und Enrique im gleichen Zuge zu Hause abzusetzen. Sobald sie das Gerät erhalten hatten, machten sie sich schnellstmöglich an die Arbeit.

Obwohl Enrique aus Panik alle belastenden Daten und Mails gelöscht hatte, waren die Daten nicht wirklich verloren. Vielmehr waren sie für einen normalen Nutzer nicht mehr einsehbar.

Für die Spezialisten der KTU war es jedoch Routine, auf die auf einzelne Sektoren der Festplatten verteilten Daten zuzugreifen und sie wieder zu lesbaren Informationen zusammenzufügen.

Da diese auf der Festplatte noch nicht überschrieben worden waren, konnte Klocke zuversichtlich sein, bereits in Kürze verwertbares Material vorgelegt zu bekommen.

26

Blicke II

Auf den Flatscreens liefen neben den aktuellen Börsenkursen und diversen Einblicken ins Hotel SILO8 auch alle anderen wichtigen Daten seines Projektes zusammen, für das er so viel Energie, Zeit und Geld investierte. Aber das war es ihm wert.

Auf der Suche nach einem inneren Abschluss und der Verarbeitung seiner Vergangenheit sollten auch die nächsten Bausteine noch zu einem für ihn sinnvolles Ende zusammengesetzt werden.

27

Schallwellen

Der Abend ging für Klocke nach Dienstschluss an der Hotelbar von SILO8 zu Ende.

Die Wogen hatten sich geglättet und der Hotelalltag war wieder eingekehrt. Von den am Todestag von Grit Swenson eingecheckten Hotelgästen war lediglich Dr. Carsten übrig geblieben. Alle anderen waren aus diversen Gründen, die natürlich alle nichts mit dem Vorfall zu tun hatten, mehr oder minder überstürzt aufgebrochen. Als der Doktor den Kommissar am Tresen erblickte, entschied er kurzerhand neben Klocke Platz zu nehmen.

Klocke hatte noch die letzten philosophischen Ausführungen der offiziellen Vernehmung in den Ohren und er befürchtete schon eine weitere Belehrung. Aber anscheinend war es für den Doktor etwas anderes, mehr oder weniger „privat" ein Gespräch zu führen. Die Barhocker, auf denen beide Platz genommen hatten, hatten schon einige Jahrzehnte in unterschiedlichen Einrichtungen ihren Dienst getan, was ihrer tadellosen Funktion jedoch keinen Abbruch tat.

Klocke stellte sich die Frage, ob man ein solches Aufeinandertreffen als privat einstufen könne? War er als Ermittler eigentlich jemals privat unterwegs? Eigentlich nicht, denn die Schaltkreise im Gehirn lassen sich nicht einfach ausschalten wie ein Computer oder Smartphone. Und so versuchte sein analytischer Verstand auch die neuerlichen Ausführungen von Dr. Carsten und sich eventuell daraus ergebende Puzzlestücke irgendwie in das Gesamtbild des Falls Grit Swenson und ihren mittlerweile drei Folgeopfern einzufügen.

Nach dem dritten oder vierten frisch gezapften Bier waren beide sehr redselig und Klocke spürte, wie gut es manchmal tut, auch mit einem eigentlich Fremden sprechen zu können und so eine neue Sichtweise kennen zu lernen.

In das Gespräch über viele konträre Themen vertieft, gab ihm Dr. Carsten interessante Einblicke in die Bereiche Realität und Wahrnehmung und eine weitere Interpretationsmöglichkeit, die ihn noch länger beschäftigen sollte. Auch dieses Mal ließ er es sich nicht nehmen, einige Stichwörter aus diesem Gespräch auf einen Bierdeckel zu notieren.

TÖNE:

In der Natur gibt es keine Töne, sondern nur Schall-wellen.
Nur der Mensch hat die Fähigkeiten den Klang einer Glocke als Solchen wahrzunehmen.

28

Daten

Der Toast war wie immer, dank dem richtigen Gerät, perfekt und so konnte der Morgen für Klocke und seinem SOKO-Team beginnen.

Am Besprechungsleuchttisch waren alle bisher bekannten Fakten grafisch zusammengetragen. Diese Zusammenstellung hatte mittlerweile den Anschein eines Schnittmusterbogens oder eines Streckenplanes des Verkehrsverbundes angenommen.

Auf die Medienwand im Besprechungsraum schalteten die EDV-Fachleute der KTU die Ergebnisse, die sie aus der Daten- und Verbindungsrekonstruktion des Laptops von Enrique ermittelt hatten.

Die Sektorenprüfung auf der Festplatte lieferte die gewünschten Daten, aber leider nur in Form von Textbausteinen des raren Mailverkehrs, den Enrique mit dem Fremden geführt hatte. Diese Schriftwechsel offenbarten zunächst lediglich Abstimmungen zu Treffpunkten an neutralen Verkehrsknotenpunkten, die bereits von Enrique genannt worden waren.

Das Erstaunliche an diesen wiederhergestellen Emails jedoch war, dass sie von der Empfängerseite mit einer höchst professionellen Verbindungstechnik über IP-Einwahlpunkte auf der ganzen Welt dermaßen geschickt übermittelt wurden, dass es unmöglich war, den tatsächlichen Empfänger ausfindig zu machen.

Das ließ den Schluss zu, dass hier absolute Profis ihres Faches am Werk waren, oder zumindest mit dem mutmaßlichen Täter zusammenarbeiteten.

Und weiter ließ so viel Wissen über neueste Technologien den Schluss auf finanzkräftige Unterstützung immer wahrscheinlicher werden.

Doch all diese Erkenntnisse führten leider wieder nur in eine Sackgasse und von einem Motiv war weit und breit noch keine Spur. Die mit Enrique inszenierten Treffen mit den drei ersten Opfern auf den Bahnsteigen in Mannheim, Frankfurt und Stuttgart waren über die Mailkontakte in ihrer Vorbereitung nachzuverfolgen, aber mit dem vierten Opfer der Serie bei der SOL.AR.IS AG hatte Enrique nachweislich im Vorfeld keinen Kontakt gehabt.

29

Darkness II

Auch im zehnten Jahr gab es für Jonathan White keine Veränderungen an seinem Dasein jenseits irgendwelcher Zivilisationseinflüsse. Lediglich die extremen klimatischen Unterschiede im Jahr 1983 von -12°C im Februar bis um die +30°C im Juli machten sich auch zeitlich phasenversetzt in seinem beengten Kerker bemerkbar.

Die einzige Freiheit, die ihm blieb, waren seine Gedanken, die ihm noch keiner nehmen konnte, obwohl unzählige Verhöre sowie physische und psychische Beeinflussungen ihn immer wieder an den Rand seiner Belastbarkeit führten.

Auch wenn er in seiner Spezialeinheit für solche Fälle trainiert worden war, stellte er sich immer wieder die Frage:

„Wer würde sich hier, vermutlich in der Nähe von St. Petersburg, oder wie es bis 1991 hieß: Leningrad, noch nach all den Jahren für ihn interessieren?"

Olga hatte ihn wahrscheinlich mittlerweile vergessen, war mit einem Genossen verheiratet und hatte bestimmt auch schon mehrere Kinder.

Diese Vorstellung versuchte er immer wieder zu verdrängen. Er öffnete seine ganz tief im Gedächtnis versteckten Schubladen, um die wunderschönen Tage, die sie zusammen verbracht hatten, wie in einem Film vor seinen Augen ablaufen zu lassen.

Besonders die letzten Wochen und Monate, die beide im damaligen Leningrad verbracht hatten, waren ihm so präsent, als wäre es gestern gewesen. Diese Zeit seit dem Sommer 1973 war zwar zum einen voller Glück für die beiden, doch im Hinterkopf wusste Jonathan natürlich, dass irgendwann der Zeitpunkt gekommen war, „seine" Olga fallen zu lassen und nur seinem tatsächlichen Auftrag zu folgen.

Was Jonathan nicht wusste, dass schon seit Jahren die US-Regierung an einem Austausch von ihm auf politischer Ebene arbeitete. Doch die Fronten waren so verhärtet, dass es bisher zu keiner Lösung gekommen war.

Doch ihren Frontkämpfer, der für die USA das so wichtige GPS-System beschaffen konnte, würde, getreu dem Motto: „Wir lassen niemanden zurück!", nie vergessen oder fallen gelassen.

30

Talfahrt

Die verhagelte Präsentation hatte katastrophale Folgen für die SOL.AR.IS AG. Die reinen Daten, Fakten und Zahlen schienen für das Entwicklungspotential keine Rolle mehr zu spielen und so setzte ein großflächiger Verkaufsstrudel der Aktien ein, der den Kurs Tag für Tag, mit teils zweistelligen Verlusten, nach unten zog.

Da halfen auch alle Marketingstrategien, die um das Team von C.U. Soon und zum größten Teil auch noch von Grit Swenson entwickelt worden waren, nicht weiter.

Genau diese negativen Ereignisse an der Börse, die den Gesetzmäßigkeiten der Gier und Angst folgten, machten gewisse Hedgefond Manager zu den Gewinnern, da sie auf fallende Kurse der SOL.AR.IS AG gesetzt hatten.

Gerade diese Leute hätten ein gesteigertes Interesse an einem Versagen der Firma gehabt und so hatten sie ein Motiv, welches sich zu verfolgen lohnte. Wer hier jedoch die Fäden in der Hand hatte, konnte auf Grund eines Geflechtes von Strohmännern, die die Transaktionen in beide Richtungen für ihre Auftraggeber durchführten, nicht transparent aufgeklärt werden.

Noch im Zuge der langsam ausklingenden Automobilmesse wurden Stimmen laut, die von einer Übernahme der geschädigten AG sprachen. Für die vielversprechendsten Kandidaten, die ein berechtigtes Interesse an den technischen Entwicklungen der SOL.AR.IS AG hatten, wurde dieser Umstand zu einer vielversprechenden Investitionsmöglichkeit.

Nur einige wenige dieser Kandidaten dachten langfristig. Die Meisten waren sicherlich nur an schnellen Gewinnen interessiert.

Besonders in der Schweiz liefen die Börsenticker unter permanenter Beobachtung und einige Wenige konnten hier schon fast wahnwitzige Gewinne einfahren, was die Spekulationen zu eventuellen Manipulationen noch verstärkte.

31

O.L.L.S.

In den geheimen, unterirdischen Forschungslabors außerhalb von Leningrad arbeiteten ungefähr ein Dutzend der besten Wissenschaftler aus den Bereichen Informatik, Biologie und Chemie an einem Projekt, das glücklicherweise 1973 noch nicht in die Hände des US-Geheimdienstes gefallen war, da es zum damaligen Zeitpunkt noch technisch unvorstellbar gewesen war.

Doch nun, nach über 15 Jahren war es soweit, endlich eine funktionierende Version eines „Organic Liquid Location Systems" oder kurz O.L.L.S. entwickelt zu haben.

Die grundlegenden Ideen, aus den Gehirnwindungen der mittlerweile unter ungeklärten Umständen verstorbenen Olga Sarasova, sollten die GPS gestützte Personenkontrolle revolutionieren, ohne dabei irgendwelche Spuren zu hinterlassen.

32

Frankfurt

Kommissar Heimer, der nach wie vor mit seinem Sharan zwischen Frankfurt und Mannheim pendelte, hatte mittlerweile alle Untersuchungsergebnisse der KTU aus Frankfurt vorliegen.

Überraschenderweise gab es an dem Leichnam von Soe Bim einige Unregelmäßigkeiten gegenüber den ersten drei Opfern der vermeintlichen Serie von Todesfällen, bei der die SOKO SUNFLOWER die Ermittlungen führte.

Auf den ersten Blick schien sie zwar auch ein Opfer der Serie zu sein, doch alleine die Tatsache, dass Soe Bim erst betäubt und anschließend mit einem nassen Tuch erwürgt wurde, ohne große Spuren zu hinterlassen, deutete auf einen Nachahmungstäter, der sich im Schatten eines Anderen verstecken wollte.

Da in den bisher veröffentlichen Pressemitteilungen von dem Einsatz von Gift, beziehungsweise in diesem speziellen Fall von synthetischem BTX noch nie die Rede war, hatte ein Nachahmer wohl die falschen Schlüsse zur Todesursache gezogen.

Beim Fall „Frankfurt 2" sprach hingegen inzwischen immer mehr für einen gezielten Zusammenhang mit der SOL.AR.IS AG und ihrer geplanten Markteinführung.

Am Körper von Soe Bim wurden Faserspuren eines Handtuches entdeckt, welches im Umkleidebereich des SOL.AR.IS Teams in einem Mülleimer aufgefunden worden war.

Diverse bislang nicht identifizierte Hautpartikel wurden ebenfalls sichergestellt. Da es den Beamten ohne direkten Tatverdacht nicht möglich gewesen war, von allen Anwesenden am Abend der Präsentation DNA-Proben zu nehmen, gab es weiterhin nur Spekulationen zu einer möglichen Eingrenzung des Täterkreises. Die große Anzahl von mehr oder weniger als VIP`s zu bezeichnenden Gästen aus Politik und Wirtschaft machte die Ermittlungen zäh und in der Abstimmung von Verhörterminen unnötig kompliziert, da sie durch ihren Status teilweise unter dem Schutz einer politischen Immunität standen.

Von den fast 500 registrierten Gästen der Veranstaltung lagen aktuell von über 300 Personen Datenabgleiche der Polizeidatenbanken und schon weit über 100 Einzelbefragungen vor.

Doch auch dieser enorme Berg an Informationen führte bislang zu keinem Erfolg.

33

Austausch

Trotz der Öffnung der Grenzen nach Osten, der Wiedervereinigung von Ost- und Westdeutschland, gab es in diesen Ländern immer noch eine große Anzahl von inhaftierten Spionen auf beiden Seiten der Großmächte.

Doch die veränderte Denkweise ließ zu, dass eine große Anzahl von Austauschprogrammen im Verborgenen durchgeführt worden waren.

Auch im Umfeld von Jonathan White liefen die interkontinentalen Bemühungen nun wieder auf Hochtouren, um den seit weit über 15 Jahren inhaftierten Topagenten zu befreien.

Die Zentrale des russischen Geheimdienstes in Leningrad wurde mit einer aus wenigen Zeilen bestehenden Botschaft darüber informiert, dass es in den nächsten Tagen zu einem Austausch von Jonathan White mit einem ebenfalls lange von den Amerikanern inhaftierten russischen Agenten kommen sollte.

Am 17. Mai 1991 war es dann schließlich soweit.

Jonathan White wurde nach dem Frühstück entgegen des sonstigen, wenig abwechslungsreichen, Tagesablaufes in ein Besprechungszimmer des Kommandanten geführt, damit ihm mitgeteilt werden konnte, dass in einer Stunde ein Fahrzeug bereit stehen würde, um ihn zum Hafen Leningrads zu bringen.

Für Jonathan ging ein langgehegter Traum in Erfüllung und er durchlebte ein Wechselbad der Gefühle.

Nach einer gefühlt unendlichen Zeit wieder in die Freiheit entlassen zu werden, weckte in ihm neue Lebensgeister. Jedoch wurde ihm schnell klar, dass der Weg in die Freiheit ihm noch einiges abverlangen würde.

Und so kam es, dass ihn nach dem Betreten des Hafengeländes und einem Parallelaustausch in einem eher als Baracke zu bezeichnenden Gebäude, der Weg direkt auf ein nach außen hin neutral und privat wirkendes Boot führen sollte.

Die letzten 15 Jahre schienen für ihn einen technischen Quantensprung vollzogen zu haben. An Bord des Schiffes kam er sich vor wie in einem Science-Fiction Film.

Der allgegenwärtige Einzug von Computern und sonstigen technischen Geräten musste von Jonathan erst einmal verdaut werden und so war er besonders froh, als er zumindest noch ein bekanntes Gesicht aus der Zeit vor seiner Gefangennahme wahrnahm, welches zu einem Mann gehörte, der ihm in homöopathischen Dosen erklären sollte, was in den letzten Jahren so geschehen war und wie es für ihn weitergehen sollte. Clark Simon kannte ihn schon seit seiner Ausbildung beim Militär in Arizona und konnte nun die Zeit der Fahrt über die Ostsee nutzen, ihm beizubringen, dass es einen Jonathan White ab sofort nicht mehr geben würde und auch ein Aufenthalt in den USA vorerst für die nächsten Jahre zu gefährlich sei.

Die US-Army hatte für diese besonderen Fälle eine Auswahl neuer Identitäten und spezieller Orte vorbereitet, die die größtmögliche Sicherheit bieten sollten.

Für Jonathan war nach einem Zwischenstopp in Kiel ein kurzer Aufenthalt im NATO-Hauptquartier in Heidelberg vorgesehen, bevor es für ihn nach Mannheim gehen sollte.

Das nach außen hin wie eine Ruine scheinende Gebäude war der perfekte Ort, um Zuflucht zu bieten.

Der ehemalige Notgetreidespeicher im Hafen Mannheims stand seit den Grenzöffnungen nach Osten seit 1989 leer, so dass es auch niemandem auffiel, dass im Innersten des Gebäudes, in den Unmengen von einzelnen Siloschächten auf einmal Handwerker tätig wurden, die die Räumlichkeiten herrichteten.

Schon während der Überfahrt nach Kiel wurden an Jonathan kleinere plastische, chirurgische Eingriffe vorgenommen, die allesamt dazu dienen sollten, seine Identität nach außen hin zu verschleiern.

Im Hochsicherheitsbereich in Heidelberg wurden noch weitere sensible Korrekturen an den Fingerabdrücken vorgenommen, die ihn aus allen Daten-banken verschwinden ließen.

Doch seine Gedanken und seine Gefühle in seinem Innersten vermochte niemand zu verändern oder gar auszulöschen. Die Jahre der Gefangenschaft hatten ihm Narben eingeprägt, nicht nur physischer Natur, die er seinen Lebtag nicht mehr loswerden würde.

So fügten auch die Gefühle um den großen Verlust von Olga eine weitere Narbe hinzu. Er fühlte sich, seit er die Information über ihr Ableben von seinem Verbindungsmann erhalten hatte, dafür verant-wortlich. Das plötzliche Verschwinden ließ nur den Schluss zu, dass von „oberster" Stelle gehandelt worden war. Er hatte sie verraten, sie als seine Quelle bekanntgegeben, weil er der Folter und den Verhören nicht standhalten konnte und nun war sie tot.

Belastet durch diese neue Komponente seiner Ge-fühle zu ihr, fiel es ihm umso schwerer, sich an die gemeinsamen Tage zu erinnern. Nur einige Zeilen von ihr hatten sich in sein Gedächtnis eingebrannt.

Zeit

Wann ist Zeit besonders wertvoll?
Bei wenigen, seltenen oder besonderen Anlässen.

Oder warum freuen wir uns auch nach Jahrzehnten immer noch auf Weihnachten, auch wenn wir keine Kinder mehr sind?
Wäre Weihnachten jede Woche, gar täglich, der Reiz, die Zeit des Wartens und der Vorfreude wäre verflogen.

Also sollte man doch „wertvolle Zeiten" genauso behandeln wie Weihnachten, sie einpacken und als etwas Besonderes auspacken.

Zeit mit Dir

Diese wertvolle Zeit, die ich mit Dir zusammen verbringen darf, ist jedes Mal ein solches „Zeitgeschenk", dass ich dann auspacken darf, wenn ich dich sehe.

34

wieder Enrique

Obwohl Enrique für die mutmaßlichen Todeszeitpunkte sowohl in Mannheim, Frankfurt als auch Stuttgart wasserdichte Alibis hatte und sich für sein sonstiges Handeln grundsätzlich auch nichts anzulasten hatte, war er doch der wichtigste Zeuge, der direkten Kontakt zu dem Täter oder seinem direkten Umfeld gehabt hatte.

Und so musste Enrique wiederholt zu einer Befragung bei Kommissar Klocke vorstellig werden, um eventuelle auch noch so kleinste Details, die für die Ergreifung wichtig sein könnten, zu schildern.

Weder ein Teil der Geldscheine, die aus der Bezahlung für den Studentenjob geflossen waren, brachten neue Spuren zu Tage, noch mögliche andere Zeugen, die die beiden zusammen gesehen haben wollten.

Der Fremde oder der mögliche Mittelsmann, hatte sehr geschickt gehandelt, sodass es scheinbar niemals zu einem direkten Augen- oder Gesichtskontakt mit Enrique gekommen war.

Ein möglicher Ansatzpunkt, den Enrique in dem Gespräch andeutete, war der Gebrauch eines Elektrofahrzeuges. Durch die immer noch sehr geringen Zulassungszahlen solcher Fahrzeuge in Deutschland konnte eventuell eine starke Eingrenzung der möglichen Verdächtigen vorgenommen werden.

Darüber hinaus veranlasste der Kommissar, dass aus den Schilderungen von Enrique eine Typeneingrenzung des Fahrzeuges vorgenommen wurde.

Auf die Beschreibungen von Enrique trafen nur zwei Fahrzeugmodelle von unterschiedlichen Herstellern zu. Mit einer Ausführung als Limousine mit klassischem Kofferraum und als Viertürer in der Farbe schwarz, schmolzen die möglichen Verdächtigen anhand der registrierten Zulassungen des Kraftfahrzeugbundesamtes auf gerade mal 289 Fahrzeuge. Auf den Raum des Tatortes und Umgebungen bezogen sogar auf nur 48. Diese Halterdaten waren ein weiterer kleiner Baustein im Abgleich von Unmengen von Daten, die ebenso wichtig waren, wie ein sensibles Portfolio von möglichen Personen, die von Profilern konstruiert wurden.

Irgendwie nervte Klocke die Tatsache, dass immer noch keine handfesten Anhaltspunkte vorlagen, um zumindest einen klaren Verdächtigen zu haben. Aber vielleicht lag es ja auch daran, dass ihn im Moment fast alles nervte.

So wie auch sein Alter, mit der Folge von immer häufiger auftretenden Wehwehchen, analog zu seinem Bitter CD mit ebenfalls dem Alter entsprechenden Aufenthaltszeiten in der Werkstatt eines Bekannten.

Aber hauptsächlich nagte die Tatsache an ihm, dass er Abends, oder auch immer wenn er heim kam, alleine war.

Seit dem Krebstod seiner Frau vor gut zehn Jahren war seine Ermittlungsarbeit immer mehr zum Zentrum seines Lebens geworden. Die sollte ihm Ablenkung verschaffen und ihn vor der Einsicht bewahren, dass das Leben, welches er nun führte, überhaupt nicht mehr seinen Ansprüchen gerecht werden konnte.

Und die beste Zerstreuung boten ihm Ergebnisse, wie diese von den IT-Spezialisten der KTU, die nun immerhin eine räumliche Eingrenzung der IP-Einwahlpunkte preisgab. Analog zum Pfeilgiftwirkstoff BTX führten auch hier die Spuren nach Osten. Erste Puzzleteile schienen zusammenzupassen.

35
Igor

Der kantige Igor Solchov hatte bereits bei den Empfängen, bei denen er zum Teil auch als Mäzen der Kunstszene mit dem Geld seines Stahlbauimperiums unterstützend tätig war, immer wieder ein Auge auf Olga geworfen.
So auch bei dem Silvesterball 1973, auf den Olga zwar keine Lust hatte, aber der für sie andererseits auch eine gute Abwechslung zu den negativen Ereignissen Anfang Dezember darstellte.
Und eine Einladung vom „Stahlbaron" Solchov konnte man schließlich auch nicht so einfach ablehnen.

Was Olga hingegen nicht wusste, war, dass der von Igor veranstaltete Ball eigentlich nur den einen Grund hatte, Olga einen Heiratsantrag zu machen.

Der prunkvolle Abend, in einem der herrschaftlichen Anwesen Leningrads, war einer der gesellschaftlichen Höhepunkte des Jahres und so waren hier auch alle namhaften Persönlichkeiten anwesend, um von dem begehrten Junggesellen Igor Solchov zu erfahren, dass er sich an diesem Abend mit Olga Sarasova verloben wollte.

Für Olga kam dies zwar sehr überraschend, aber ihr war auch bewusst, dass sie Jonathan so schnell nicht wieder sehen würde und sie jetzt an ihre eigene persönliche Zukunft denken musste, die sich mit diesem Zug schlagartig sicherte.

Sie würde die Liaison mit dem Stahlmäzen eingehen, war aber voraussehend genug, um kein Leben im goldenen Käfig führen zu wollen. Daher war einer ihrer „Bedingungen", dass sie weiter ihren Forschungsarbeiten nachgehen konnte. Bis zur Geburt ihres Sohnes 1974 war ihr dies auch möglich. Diese jedoch brachte ihre Ambitionen zum Ruhen und sie hatte einen ganz neuen Mittelpunkt in ihrem Leben gefunden und Igor den gewünschten Stammhalter erhalten.

36

Ruhe

Glücklicherweise gab es seit der bisherigen Serie keine weiteren Todesfälle, was dies auch immer zu bedeuten hatte. Kommissar Heimer saß in Frankfurt an einem Stapel von Protokollen der bisherigen Befragungen aus dem Kreise der Teilnehmer der SOL.AR.IS Präsentation.

Nachdem sich immer mehr herauskristallisierte, dass es sich in Frankfurt um eine Einzeltat handelte, wurden die Ermittlungen separat von ihm weitergeführt und Klocke widmete sich den Serientaten als Leiter der SOKO SUNFLOWER.

Nach wie vor konnten keine weiteren Verbindungen zwischen den drei Opfern der Serie gefunden werden, die allesamt mit dem gleichen Giftwirkstoff zu Tode kamen.

Die momentane Ruhe war beängstigend, da ständig damit zu rechnen war, dass doch die BTX-Serie fortgesetzt wird. Und außerdem war auch klar, je länger der Fall in der Sackgasse steckte, desto unwahrscheinlicher wurde es, dass neue Spuren zu einem verwertbaren Ergebnis führen würden.

Doch Spekulationen mussten aktuell hinter den Fakten und Indizien zurückstehen.

Die Spuren, denen noch nachgegangen werden konnte, waren in erster Linie viele freiwillige DNA-Proben, die mit den Tatortspuren von Soe Bim abzugleichen waren. Bisher waren jedoch alle Ergebnisse negativ ausgefallen, sodass der verdächtige Personenkreis immer weiter schrumpfte und den Täter, sollte er anwesend gewesen sein, immer enger einkreiste.

Dies war jedoch nicht klar, denn mit genügend krimineller Energie ausgestattet, wäre es wohl jedem möglich gewesen, sich in den internen Backstage Bereich der Präsentation einzuschleichen.

Heimer machte sich allerdings die Hoffnung, dass der Täter doch im näheren Umfeld zu finden war.

37

Darkness III

Er hatte die letzten Nächte miserabel geschlafen und fühlte sich dementsprechend unwohl.

Seine persönliche „Mission" schien im Hinblick auf eine Fortführung keinen weiteren Sinn mehr zu ergeben, denn die Vergangenheit kam ihm immer häufiger in den Kopf und stellte seine Welt in Frage. Aber unabhängig davon, wie oft er sich von seinen Trauergefühlen einholen ließ, versuchte er hier sein spezielles Ventil zu finden.

38

Aufkauf

Da das komplette SOL.AR.IS Team immer noch von der Polizei in Frankfurt festgehalten wurde, mussten die Übernahmegespräche an Ort und Stelle stattfinden.

Der Absturz der SOL.AR.IS Aktie ließ den Oberhäuptern der Aktiengesellschaft keine andere Wahl, als sich einem namhaften süddeutschen Sportwagenbauer in einer Holding unterzuordnen.

Etliche beteiligte Großaktionäre, meist mit Sitz in der Schweiz und der arabischen Halbinsel, hatten diese feindliche Übernahme mit einem umfangreichen Zukauf von SOL.AR.IS Aktien geebnet. Dadurch rückte die geplante eigenständige Marke und ein Konkurrenzmodell zu anderen Firmen zunächst in weite Ferne und wurden ein Fall für die Ablage.

Stattdessen sollten neue, innovative Ideen der Holding bei der Einbindung des anderen Portfolios über die nächsten Jahre hilfreiche Dienste erweisen.

Und dieser Umstand freute auch zwei Mitglieder des neuen Aufsichtsrates.
Die beiden Schweizer Finanzbeteiligten Büttner und Hoschick wussten nun, dass ihr investiertes Kapital in beträchtlicher Summe mehr als gut angelegt war.

39

Die Ankunft

Nachdem die letzten kleineren Wunden der Eingriffe in Heidelberg verheilt waren, konnte Jonathan seine neuen Räume beziehen, die speziell für ihn hergerichtet wurden und die offiziell auf keinem Plan auftauchten.
So wie er, war sein neues Reich nun eine „Blackbox", eine Hülle ohne Identität.
Die Waben im Silo hatten irgendwie etwas Beängstigendes. Doch eines musste er sich immer wieder vergegenwärtigen: Er war nun frei.
Ein freier Mann, mit einer frei wählbaren Identität, die ihm von seinen Hintermännern der US-Regierung nach Belieben angepasst werden konnte, um nach Möglichkeit keine Spuren zu hinterlassen.
Und da er mit seiner Zukunft auch etwas anfangen wollte und ein Mann wie er, der sich mit jeder Faser

seiner Aufgabe verschrieb, lag es nahe, sich nach neuen Aktivitäten im Bereich der Wirtschaftsspionage umzuschauen, in der er sich hineinstürzen konnte.

Es zeigte sich schnell, dass seine neue Heimat, der süddeutsche Raum mit seinen Maschinenbau- und Automobilschmieden erster Klasse genug Potential für Aktivitäten solcher Art boten.

In seinen Augen war eine neue Tätigkeit das beste Mittel, um die letzten Jahre zu verarbeiten, sofern ihm dies überhaupt jemals möglich sein sollte.

Neben den reinen Wohnbereichen glichen die Räume seiner neuen Heimstätte eher einer Raketenbasis als einer gewöhnlichen Flüchtlingsunterkunft. Überall fanden sich Hightech-Geräte, die ihm bei seinen zukünftigen Jobs jegliche Satellitenunterstützung der US-Army zur Verfügung stellten.

Er war zwar teilweise räumlich weit entfernt von den Personen seines Interesses, doch durch seine technischen Möglichkeiten näher an seinen Ausspähobjekten, als die es je für möglich halten würden.

Genauso unvorstellbar waren die vielen „lost Spaces", die es auf der ganzen Welt verstreut, zum Schutz bestimmter Personen gab. Nicht nur aktive und Ex-Agenten, sondern auch beispielsweise Kronzeugen oder deren Familien wurden an solchen Orten untergebracht.

40

Sergey

Der Tod seiner Mutter war für Sergey mehr als eine Katastrophe. Nach Monaten unter Aufsicht verschiedener Psychologen entschied sein Vater, dass es das Beste für den elfjährigen sein würde, ihn in das Schweizer Gstaad in ein Elite-Internat zu geben, um ihn von dem gewohnten Umfeld zu entfernen und so vielleicht den Verlust der Mutter irgendwie erträglicher zu gestalten.

Der Plan ging im Laufe der nächsten Jahre im Umfeld der Schweizer Alpen auf, auch wenn der Tapetenwechsel es nicht es nicht vermied, dass er immer wieder mit speziellen Betreuern seinen, für ihn großen, persönlichen Verlust aufarbeiten musste.

Da seine Großmutter ursprünglich aus Bern in der Schweiz stammte, hatten die Solchovs neben der russischen auch die schweizer Staatsbürgerschaft und konnten so frei zwischen Russland und der Schweiz verkehren. Und nicht nur für sie waren die Reisen unbeschwerlicher, auch etliche Finanztransaktionen konnten auf Grund dieser Tatsache sehr viel leichter durchgeführt werden.

Die Zeit in Gstaad mit den Möglichkeiten außerhalb des Sozialismus brachten Sergey und andere Jugendliche aus vermögenden Häusern immer wieder in die Versuchung der Verlockungen der westlichen Welt. Außerhalb des Internats, in dem einen oder anderen Luxusanwesen oder später auch in den Clubs der High Society gab es für Wohlhabende so viele verschiedene Möglichkeiten der Zerstreuung, dass diese sich zu einer Gratwanderung in Konkurrenz zu schulischen Leistungen entwickelte.

Für Sergey allerdings waren diese beiden Welten durchaus vereinbar und so hatte sein Vater, sofern er die Eskapaden seines Sohnes mitbekam, Nachsicht mit seinem Sprössling.

Diese Zeit ermöglichte eine Entwicklung zu einer stabilen, auf Vertrauen beruhenden Beziehung, die die Besuche des Vaters in Gstaad oder von ihm in seiner Heimat Leningrad immer sehr entspannt gestalteten.

Die Begabungen von Sergey waren vielfältig, sodass es schwer fiel, sich nach dem Schulabschluss für das passende Studienfach zu entscheiden. In Anbetracht der Tatsache, dass er der Einzige mögliche Erbe in der Familie Solchov war, stand die Übernahme des Firmenimperiums im Vordergrund und so wurde eine Auswahl der Kombination aus Wirtschaftswissenschaften und Informatik von Seiten des Vaters bevorzugt.

Sergey hätte zwar viel eher Kunst als Hauptstudienfach bevorzugt, aber er folgte gerne den Wünschen seines Vaters.

41

Ostwind

Die Halterermittlung der identifizierten Typen von Elektrofahrzeugen hatten bisher noch keine Ergebnisse gebracht. Die Spekulationen hingegen waren für die SOKO um Kommissar Klocke vielfältig.

Handelte es sich überhaupt um ein Elektrofahrzeug? Stimmte der abgeleitete Typ und gab es eventuell eine Folierung auf dem Lack, der die ursprüngliche Farbe überzog? Aber am wahrscheinlichsten war die These, dass es sich womöglich um keine deutsche Zulassung handelte und dies sogar noch in den Kombinationen mit den anderen Spekulationen. Leider hatte Enrique keine genaueren Aussagen zum Nummernschild machen können, wie zu Details oder Besonderheiten in der Gestaltung.

Die größte Hoffnung stellten für Klocke die aktuellen positiven Meldungen seiner Teammitglieder der IT-Abteilung dar. Die in einem immer engeren Raster eingegrenzten Positionen der IP-Einwahlpunkte verdichteten sich in einem Kreis von ungefähr 100 Kilometern um St. Petersburg, sodass nun klar war, dass die eingehenden Vermutungen über eine Beteiligung aus dem osteuropäischen Raum nun ihren Ursprung in Russland verifizierte.

Zumindest waren wohl russische Rechner mit im Spiel. Ob dies auch auf die handelten Personen zutraf, blieb offen.

Also waren jetzt die internationalen Kontakte von LKA und BKA gefordert, um an weitere Informationen zu gelangen. Trotz aller Öffnung zum Osten hin gab es immer noch hohe Hürden in den Verwaltungsapparaten, um eine konstruktive Zusammenarbeit zu erwirken.

Für Klocke waren solche Verwaltungsumstände ein Graus. Er war es gewohnt, in seinem gewohnten Umfeld mit seinen über die Jahre aufgebauten Kontakten, auch jenen im Halbdunkel der Gesellschaft, zu agieren. Und das verlief in aller Regel reibungslos.

Doch dieser Fall war für ihn in mancher Beziehung Neuland.

Sein Gespür sagte ihm, dass eine ganz persönliche, tief emotionale Handlungsweise des Täters hier der Schlüssel zu einem noch unklaren Motiv sein musste.

42

In der Hülle

Die Jahre vergingen und Jonathan hatte sich mit seiner nach außen hin darstellenden Hülle arrangiert. In langen Spaziergängen und Joggingrunden an den Ufern von Rhein und Neckar verschmolzen seine inneren und äußeren Eindrücke zu einer Einheit.

Mit der Zeit verschwammen und verblasten auch die Erinnerungen an Olga, wobei dabei das stärkste Gefühl in seiner Gedankenwelt der Verrat an ihr blieb.

Es verging kein Tag und keine Stunde an der er nicht an diese verdammt kalte Dezembernacht denken musste und sich ihm dabei ein Korsett von Gewissensbissen wie einen Gurt um die Brust legte, der sich stetig enger zog und ihn manchmal schier lähmte.

Die Zeiten in der Natur und in Bewegung, in Abwechslung zu den ewigen Stunden in seiner speziellen Unterkunft im Silo, waren eine gute Therapie.

Er wusste, dass er diese Gefühle mit sich selbst ausmachen musste. Er würde nie jemandem davon erzählen.

Kein Freund und keine Freundin durfte je von seiner unvorstellbaren Vergangenheit erfahren. Eine Familie gab es bereits seit langem nicht mehr, was ihn in seinen Kreisen als einzelagierender Agent immer auszeichnete, da er so nie angreifbar oder erpressbar werden konnte.

Nur wenige in das Austausch- und Personensicherungsprogramm Eingeweihte, wie beispielsweise sein langjähriger Weggefährte Clark Simon, wussten von seiner alten und nun von seiner neuen Existenz und seinen aktuellen geheimen Aufträgen zur Erkundung von Forschungsdaten der Industrie.

Die meisten dieser Firmen hatten überhaupt keinen Verdacht, dass sie ausspioniert wurden. Meist wurde dies erst entdeckt, wenn andere Firmen ähnliche Produkte oder Teile ihrer eigenen Entwicklungen auf den Markt brachten oder diese dann als Erste patentieren ließen.

Dieser Kampf um Wissen war schon seit Jahrhunderten ein globales Ringen um die Macht und Marktanteile. Trotz vieler erfolgreicher Computerattacken, speziell aus Fernost, waren nach wie vor persönliche Kontakte in Firmennetzwerke dienlich. Diese konnten wesentlich schneller an Informationen zu strategischen Entscheidungen gelangen, die gerade nicht auf irgendwelchen Firmenservern oder sonstigen technischen Geräten abgespeichert wurden. Außerdem war es oft einfach wesentlich weniger aufwändig, die Schwachstelle Mensch zu nutzen, statt nach einer IT-Lücke zu suchen und so zum

Beispiel von einer Geliebten des Vorstandes an sensible Informationen heranzukommen.

Auch dieses Mittel der „weiblichen Gefahr" gab es schon immer, wobei mit steigendem Anteil von Quotenfrauen in den höheren Etagen der Unternehmen natürlich auch das männliche Pendant sehr gefragt war.

Auch Jonathan selbst hatte auf diesem Wege schon mehr als einmal Erfolge verbuchen können.

43

In der Falle

Im Bahnhofsviertel Frankfurts waren nicht nur die Antennen der Halbwelt auf Empfang für Ereignisse, die außerhalb der Normalität lagen; Nein, auch die als verdeckte Ermittler und V-Leute tätigen Personen waren hier sehr wachsam.

Und gerade aktuell rückte ein „alter Bekannter" im Kreise des Rotlichtviertels ins Licht des Interesses.

Der „rote Egon", wie ihn die meisten wegen seiner feuerroten Kurzhaarstummel nannten, war im Moment scheinbar mit frischem Geld versorgt.

Sein Verhalten an den Spieltischen der spätabendlichen Pokerrunden in diversen Hinterzimmern fiel

ebenso auf, wie der neue, offenbar maßgeschnei-
derte Anzug und ein massiver, goldener Chronogra-
ph am Handgelenk. Dieses Verhalten und Prahlen,
in einer der Konsumfallen des Viertels, war mehr als
auffällig. Die in der Szene eingeschleusten Ermittler
nahmen dieses Verhalten sehr genau zur Kenntnis
und informierten ihre Kontaktpersonen in den
Dienststellen der Abteilung „organisierte Kriminali-
tät".

Egon war ein alter Bekannter, der schon so man-
ches Blatt in seiner Strafakte mit seinen vergangenen und aktuellen Eskapaden gefüllt hatte, inklusive
einiger Zeit in Haft wegen besonders schweren
Raubes bei einem Juwelier in Frankfurts Nobelein-
kaufstraße.

Doch scheinbar, so zeigte sein derzeitiges Auftreten,
hatte dieser Aufenthalt in der Besserungsanstalt
seine kriminellen Gene nicht nachhaltig beeinfluss-
en können.

Für den Leiter der Abteilung OK waren diese Signale
Grund genug, ihn genauer unter die Lupe zu nehmen und ihn erneut zu durchleuchten. Keine seiner
Bewegungen blieb nun mehr unentdeckt. Es wurden alle möglichen Kontakte überprüft und kürzlich
vergangene Straftaten wurden mit seinem Bewe-
gungsprofil abgeglichen, um Übereinstimmungen
finden und Zuordnungen machen zu können.

Entgegen der sonstigen Gepflogenheiten in seinem
Zahlungsverkehr, bei denen meist nur Bares über

den Tisch wanderte, war Egon dieses Mal sichtlich stolz, vermehrt seine Platin-Kreditkarte einsetzen zu können. Diese neue Freizügigkeit machte es den Ermittlern leicht, den Umfang nachweisen zu können, in dem er seit Beginn der Automobilmesse förmlich mit Geld um sich warf. Den seiner Karte hinterlegten Kontodaten war zu entnehmen, dass das Guthaben zur Deckung von einem Schweizer Konto erfolgte. Und dies war wohl gut gefüllt, da seine letzten Einkäufe gut 30.000,- Euro in den letzten zwei Wochen in Anspruch nahmen.

44

Olgas Tagebuch

Mittlerweile war es für sie eine angenehme Gewohnheit, die Ereignisse des Tages mit dem kleinen Sergey, teilweise bis ins kleinste Detail, in ihrem Tagebuch zu dokumentieren. Anfangs waren dies noch eher knappe Eintragungen mit Prüfcharakter. Sie hielt fest, ob Sergey beispielsweise seine Milchfläschchen getrunken hatte und wieviel er trank, wie oft er schon Stuhlgang hatte und wie viel er gewachsen war. Aber es gehörte sicherlich zu den normalen Sorgen einer Mutter, ihr Kind nicht verhungern zu lassen oder sicherzustellen, dass es sich normal entwickelt.

Nach und nach veränderten sich die Eintragungen jedoch immer mehr zu einer gefühlsgeprägten Beschreibung einer untrennbaren Verbindung. Die Jahre, in denen er lernte, sich verbal zu verständigen, waren für beide eine Zeit wahren Glücks. Sie verspürte eine Wärme, Zuneigung und Geborgenheit, die sie immer wieder auch an die so glücklichen Tage mit Jonathan zurückerinnern ließ.

Und sie betete inständig, dass sie dieses Gefühl nie wieder verlieren musste. Dieser Umstand machte ihre Beziehung zu Sergey zu etwas ganz Besonderem und sie konnte sich nicht vorstellen, ihn irgendwann nicht mehr an ihrer Seite zu wissen.

Umgekehrt traf dies auch auf Sergey zu, der seine Mutter schon fast abgöttisch liebte.

Auch die Tage und Monate, die sie mit Jonathan hatte teilen können, hatte sie immer niedergeschrieben. Diese Seiten des Tagebuches waren ihr so heilig, dass sie diese wie einen Schatz hütete. Niemand durfte je erfahren, was sich auf diesen Seiten niedergeschrieben fand.

45

Egon

Egon galt zwar nicht als der Hellste und Rechnen war wahrlich nicht seine Stärke, aber auch er wusste, dass 100.000,- Euro eine beachtliche Menge Geld waren.

Und dies besonders, wenn diese in wenigen Stunden verdient wurden. Vor wenigen Wochen wurde er nach einer Pokerrunde, die er gerade verloren hatte, gefragt, ob er nicht Interesse daran hätte, seinen momentanen finanziellen Engpass auszugleichen, beziehungsweise sich endlich mal ein Guthaben zu erarbeiten. Und arbeiten bedeutete in diesem speziellen Fall einen Auftrag für jemanden auszuführen, der sich selbst nicht die Finger schmutzig machen wollte.

Dies stellte für ihn eine Verlockung dar, der er nicht lange widerstehen konnte, auch wenn er erst seit Kurzem wieder auf freiem Fuß war.

Der Auftraggeber schien es darüber hinaus eilig zu haben, da nur ein vorgegebener Tag für die Ausführung des Auftrags in Frage kam.

Und so ging für Egon alles sehr schnell. Die nötigen Zugangsberechtigungen zur Messe und Präsentation des „SOL.AR.IS" bekam er anonym in seinen

Briefkasten zugespielt. Alles andere verlief wie im Rausch. Im wahrsten Sinne, da sich Egon gerne mal in speziellen Situationen eine Linie Koks gönnte.

Da sich die Meisten zu den Aktivitäten in der oberen Etage versammelt hatten, konnte Egon sich in der Tarnung eines Mitarbeiters des Caterings unbehelligt im unteren Bereich aufhalten.

Hier ging er im allgemeinen Gewusel der meist schwarz gekleideten Helfer unter und es fiel auch nicht weiter auf, als er sich Zutritt zum Bürobereich von Soe Bim verschaffte.

Aus seinen Handlungsanweisungen, bei der auch Bildmaterial von ihr beigefügt war, ging für ihn eindeutig hervor, wer seine heutige Zielperson war.

Ihre schwarze, glatte Pagenkopffrisur leistete hier gute Dienste für eine bessere Erkennbarkeit. Unter dem Vorwand, am Präsentationsmodell des SOL.AR.IS müsse noch ein Detail gerichtet werden, lotste er sie in den Bereich der Hebebühne mit Drehscheibe, die für die finale Präsentation aufgebaut worden war. Sie wollte nichts dem Zufall überlassen und folgte dem ihr zwar fremden Mann unverzüglich, um den vermeintlichen Fehler noch zu beheben.

Und so endete auf dieser Bühne ihr Leben auf tragische Weise, für das sie die letzten Jahre so viele Opfer gebracht hatte.

Für Egon waren die Details, wie er den leblosen Körper drappieren sollte, ebenso unwichtig, wie die sich aus seiner Tat entwickelnde Talfahrt des gesamten Projektes. Für ihn zählte nur das schnelle Geld. Genau wie auch für die Auftraggeber, die lieber im Hintergrund arbeiteten und in ganz anderen finanziellen Dimensionen dachten.

Dass seine Auftraggeber sich zur Sicherstellung der Erfüllung seines Auftrages nur unweit von ihm aufhielten, konnte er nicht ahnen.

46

Wo bist Du?

Auf dem Bildschirm seines Tablets leuchtete ein roter Punkt, der sich Richtung Mannheims Innenstadt bewegte und er wusste, dass er seinem Ziel nun immer näher kam.

Die Tage der Beobachtung vergingen und er konnte sich ein immer detaillierteres Bild davon machen, wie die Tagesabläufe der Zielperson waren und wo sie sich meist aufhielt.

Alles schien auf einen ganz normalen Silverager hinzudeuten, wenn nicht der Deckmantel kleinste Löcher gehabt hätte, die ein Erkennen der wahren Identität zuließ.

Der räumliche Abstand verringerte sich zunehmend ähnlich wie bei einem Zoobesucher, der sich nach und nach einem Raubtier näherte bis er den Glanz in seinen Augen sehen konnte und den Geruch seines Atems wahrnahm. Nur war hier dem Raubtier nicht bewusst, dass es sich in einem Zoo befand, da es eigentlich sonst selbst der Beobachter war.

Die Genauigkeit der Ortung war so hoch, dass wenige Zentimeter Bewegung ausreichend waren, um den roten Punkt aufleuchten zu lassen und anzuzeigen, dass es eine Aktivität gab.

Das gefühlvolle Herantasten und sensible Beobachten sollte die Eindrücke, die er bislang sammeln konnte, zu einem belastbaren Gesamtbild formen. Dann war die Zeit gekommen, sich endlich persönlich gegenüberzustehen.

Doch noch war es nicht so weit, auch wenn der Wunsch danach so stark war, dass er die Begegnung häufig in seiner Vorstellung oder in Träumen durchgespielt hatte.

47

Taktik

Heimer und Klocke vereinbarten ein erneutes Treffen, um sich gemeinsam auf den aktuellen Stand der Ermittlungen, insbesondere rund um den „roten Egon", zu bringen.

So konnte Heimer im Rahmen einer Dienstreise die gewohnte Umgebung Frankfurts wieder einmal, wenn auch nur kurz, verlassen. Er wäre gerne einmal länger aus seinem gewohnten Umfeld geflohen, doch dies wurde ihm untersagt und so verzichtete er auch darauf, seinen heißgeliebten Toaster mit auf Reisen zu nehmen.

Die Kollegen der SOKO Sunflower waren erfreut, den Frankfurter Kommissar wieder in ihrer Runde in Mannheim begrüßen zu dürfen. Mit seiner pragmatischen Vorgehensweise war ein unkompliziertes Zusammenarbeiten möglich. Das konnte man nicht von jedem Kollegen im Team behaupten.

Die Neuigkeiten, die Heimer zu berichten hatte, zielten im Wesentlichen auf das nicht gerade professionelle Verhalten des „roten Egons".

Als nächstes musste nun eine Taktik für die nächsten Schritte abgestimmt werden, um zügig einen Zugriff vorzunehmen und den Täter festzusetzen.

Und so sollten in Kürze eine Vernehmung und ein Abgleich von Spuren des Tatortes stattfinden, um ihn zumindest in einer Untersuchungshaft zuführen zu können.

Auch die Staatsanwaltschaft stimmte mit der Einschätzung zur Belastbarkeit der Beweise überein, weshalb die nächsten Schritte eingeleitet werden konnten.

Lediglich der Umstand, dass bis zum jetzigen Zeitpunkt nicht herausgestellt werden konnte, wie Täter und Opfer in Verbindung standen oder welches Motiv der Tat zu Grund lag, gab noch zu Denken. Diesbezüglich hatten die Kollegen der SOKO allerdings die Hoffnung, dass die Vernehmung schnell zu weiteren Informationen führen sollte. Bisher war er immer als Handlanger für Andere tätig gewesen, hauptsache die Bezahlung stimmte.

Wer jedoch in diesem Fall die Fäden zog, war noch unklar, genau wie die Motive der anderen drei Opfer der Serie. Es war klar, dass diese nicht auf das Konto Egons gegangen waren. Nachdem die nächsten Schritte zu diesem Fall erörtert worden waren, befassten sich die Mitglieder der SOKO Sunflower mit den anderen Fällen und auch hier wurden aktuelle Informationen ausgetauscht. Die Kontaktaufnahme zu den russischen Kollegen in St. Petersburg, mit der Bitte um Amtshilfe, lief auf Hochtouren. Für Klocke, der ursprünglich aus Ost-Berlin stammte und dort perfekt in russischer Sprache ausgebildet worden war, war es ein Leichtes, diese Ermittlungen durchzuführen, da er auf die Inanspruchnahme von Übersetzern und Dolmetschern verzichten konnte und auch Unter-und Zwischentöne, die in der russischen Sprache besondere Wichtigkeit hatten, für ihn besser zu verstehen waren.

48

Erster Kontakt

Sein Tablet leitete ihn wieder Richtung Innenstadt und die immer stärkere Nähe ließ auch ihn nicht kalt.

Je näher er dem blinkenden roten Punkt auf den Planken, der Haupteinkaufsstraße Mannheims, kam, umso mehr spürte er wie sein Blut schneller in den Adern floss.

Auf Höhe des Eiscafés, wo 1969 das Spaghettieis erfunden wurde, war sein Ziel erreicht. Ein eben Solches sollte ihm etwas Kühlung verschaffen, während er auf die passende Situation für einen ersten persönlichen Kontakt wartete.

Er nahm an einem der Nachbartische, die in Form von kleinen, runden Bistrotischen akkurat aufgereiht standen, Platz und wartete, bis er von einer, in weißer Gastrouniform gekleideten, jungen Dame bedient wurde.

Ein Spaghettieis war hier Pflicht und Kür zugleich, sodass die Wahl schnell getroffen war und dabei der Nachbartisch nicht aus dem Blickfeld verschwand.

Zu einer Kontaktaufnahme kam es mit einer banalen Frage nach der Uhrzeit. Dies waren die ersten Worte, die er von seinem Ziel vernahm. Eine schlichte Antwort, aber für ihn schon lange herbeigesehnt. Sein Äußeres wirkte gepflegt und sein Alter würde man bestimmt um einige Jahre falsch einschätzen, wenn man es nicht genauer wüsste.

Die technische Ortung hatte zwar unmissverständlich den Aufenthaltsort des Ziels definiert, jedoch war noch nicht hinreichend geklärt, ob die Person, die er ins Auge gefasst hatte, tatsächlich die Zielperson war. Doch ein Beweis hierfür konnte durch eine Konfrontation mit einer kleinen Box erwirkt werden. Die Reaktion sollte nicht lange auf sich warten lassen.

Unter dem Vorwand, er sollte diese an ihn übergeben, stellte er den wenige Zentimeter großen, roten Pappkarton mit goldenen, floralen Verzierungen auf den Nachbartisch, neben dem Gedeck ab.

Eine natürliche und berufliche Skepsis überkam ihn. Wie würde die vermeintliche Zielperson reagieren. Sein Instinkt machte ihm klar, dass er womöglich in Gefahr schwebte und ein Reflex, zu fliehen, wollte zunächst von ihm Besitz ergreifen, aber die Neugier war größer.

Beim Öffnen der Box glänzte der Zielperson ein mit Initialen versehener goldener Anhänger entgegen. Der Gesichtsausdruck bestätigte die Vermutungen und identifizierte die Person eindeutig als die Gesuchte. Man sah ihm förmlich an, wie die Gedanken an den kleinen Juwelier, im damaligen Leningrad, bei dem er dieses Stück vor über vierzig Jahren in

Auftrag gegeben hatte, sich vor seinem inneren Auge materialisierten, als sei es gestern gewesen.

Es war klar, dass dieses Schmuckstück einmalig war. So einmalig wie Olga, für die er es vor einem der letzten Treffen hatte anfertigen lassen.

49

Das Verhör

Der Abend war wieder einmal nicht erfolgreich und einige Scheine blieben in der Mitte liegen. So hatte Egon außer etwas Spaß am Spiel und den Aussichten auf die leicht bekleideten Bedienungen sonst keine Erfolgserlebnisse.

Doch der Spaß im Nebenzimmer war auch für die Mitspieler der nächtlichen Pokerrunde schnell vorbei, als ein Einsatzkommando neben der Glücksspielrazzia einige der anwesenden Zocker in Gewahrsam nahm.

Für den „roten Egon" gab es unter der Leitung von Kommissar Heimer neben den verbotenen Spielaktivitäten noch eine Festnahme wegen Verdacht des Mordes an Soe Bim.

Im Gewimmel des Einsatzes ging der eigentliche Grund für die Stürmung unter und die eingebundenen V-Leute im Milieu waren zu ihrem eigenen Schutze auch unter den festgenommenen Spielern.

Die Fahrt auf den verregneten, frühmorgendlichen Straßen Frankfurts dauerte nur knapp eine halbe Stunde, bis sie im Präsidium von Kommissar Heimer angekommen waren. Die Spieler der Pokerrunde und der rote Egon kamen in getrennte, kleine Zellen, die normalerweise zur Ausnüchterung dienten und wurden dann nach und nach zu den Verhören abgeholt.

Wie bereits bei einigen anderen Veranstaltungen dieser Art, wurde zur anwaltlichen Vertretung des roten Egons, der in Szenekreisen des Rotlichtviertels bekannte Verteidigers Dr. Schneider informiert, sodass er als einer der letzten zur Befragung gerufen werden konnte.

Unter Beisein des äußerlich aalglatten Juristen wurde Egon, neben seinen verbotenen Spielaktivitäten, mit dem Verdacht des Mordes an Soe Bim konfrontiert.

Und die Ermittlungsergebnisse waren so belastend, dass auch von Seiten Dr. Schneiders keine Einwände gegen eine Hausdurchsuchung und eine DNA oder auch Haarprobe möglich waren.

Derart überrumpelt blieb dem Juristen nichts weiter übrig, als Egon zu einem Geständnis zu raten, was sich sicherlich strafmildernd auswirken sollte.

Die gesamte Aktion war seitens der Behörden sogar so gut abgestimmt und vorbereitet gewesen, dass der Oberstaatsanwalt einer sofortigen Untersuchungshaft zustimmte.

Die Aussagen Egons zu mysteriösen, unbekannten Auftraggebern, die ihn mit einer Anzahlung von 20.000,- Euro gelockt hatten, waren zwar in manchen Punkten recht abenteuerlich, aber in Anbetracht des sonst fehlenden Motivs von Egon an dem Mord der SOL.AR.IS Mitarbeiterin wiederum schlüssig.

Angewidert von solcher berechenbarer Kaltblütigkeit blieb dem Kommissar, der das Verhör persönlich führte, nichts weiter, als Egon eine lange und schöne Zeit in einer dunklen Einzelzelle zu wünschen, in der ihm die Zeit bliebe, über all seine Untaten nachzudenken. Und mit diesen Worten wurde der Mörder zurück in seine Zelle und von dort aus direkt ins nächste Bezirksgefängnis verfrachtet.

50

Die Reaktion

Mit leicht zitternden Händen legte er das Schmuckstück auf den Tisch und Jonathan wusste, dass, wer immer ihm gegenüber saß, er eine sehr enge Beziehung zu Olga haben musste. Und sein Tischnachbar merkte im Umkehrschluss, dass dies der Mann war, der vor Igor Solchov lange an der Seite von Olga Sarasova eine derart große Rolle gespielt hatte, um in ihren Tagebuchaufzeichnungen viele intensive Seiten zu füllen.

In den blauen Augen, in die er schaute, konnte er einen Schmerz sehen, der sicherlich groß war, aber nichts verglichen mit dem Moment, in dem er des Verlustes seiner Mutter bewust wurde.

Beide merkten in diesen Sekunden, in denen sie sich wortlos gegenübersaßen, dass sie ein besonderes Band der Vergangenheit auf tragische Weise miteinander vereinte.

Diese Art inniger Moment, mit tiefem Blick in die blauen Augen, wurde jäh durch die Frage der Bedienung nach weiteren Wünschen unterbrochen, die nicht mitbekam, was hier im Gange war. Doch der einzige Wunsch, den beide hatten, war der, mehr voneinander zu erfahren.

Nun, tausende Kilometer und über vierzig Jahre von ihrer gemeinsamen Vergangenheit entfernt, waren sie sich so nah, dass gewisse Schutzmechanismen, die Jonathan über Jahrzehnte instinktiv abgerufen hatte, auf einmal ins Stocken gerieten.

Die Rede ist von einem Instinkt, der ihm einige Male das Leben rettete, um nicht zur falschen Zeit den falschen Menschen zu vertrauen. Doch diese sensiblen Antennen waren im Moment entweder gestört, oder sein tiefstes Inneres, was den ursprünglichen Jonathan White noch kennzeichnete, sagte ihm, dass jetzt die Zeit gekommen war, wieder mit einem Menschen offen und ehrlich reden zu können.

Ein Gefühl, welches über eine lange Zeit nicht mehr vorhanden gewesen war.

Und Sergey wusste, dass er mit seinem Wissen, welches er bisher niemanden anvertrauen konnte, nun einen Menschen gefunden hatte, um all dies, was er mit sich führte, teilen zu können.

51

St. Petersburg

Dank der russischen Sprachkenntnisse von Kommissar Klocke gestaltete sich die Kooperation der verschiedenen Behörden deutlich einfacher, als bislang erwartet worden war. Die beantragte Amtshilfe mit den Kollegen in St. Petersburg wurde genehmigt und die Ermittlungen wurden aufgenommen. Auch die Verständigung der EDV-Fachleute auf beiden Seiten ging wesentlich leichter voran, da diese sowieso mit einer für die meisten nicht verständlichen und beiden gemeinsamen Sprache voller Spezialbegriffe hantierten.

So ließen erste Erfolge nicht lange auf sich warten und die russischen Kollegen mit ihren jungen, krea-

tiven Leuten, die meist allesamt aus der Hackersze-
ne stammten, konnten vermelden, dass wohl einer
der benutzten Server über IP-Einwahlpunkte genau
lokalisiert werden konnte.

52

Die Geschichte

Die beiden verabredeten sich zu einem weiteren
Austausch im abendlichen Ambiente der Silo8-Bar.
Sergey und Jonathan hatten nichts mehr zu verlieren, da durch den Verlust der Mutter, beziehungsweise der Geliebten und speziell bei Jonathan auch
seiner tatsächlichen Identität, jetzt nur positive Dinge folgen konnten.
Das spärliche Licht der besonderen Beleuchtung, die
das Ambiente mit alten Flakscheinwerfern betonte,
setzte die Beiden in ein fast mystisches Umfeld. Und
das, was Sergey zu berichten hatte, verflocht sich
einfach perfekt mit dem dargebotenen Szenario.
Nachdem sie Wein und ein paar Kleinigkeiten der
Tapas-Karte bestellt hatten, holte Sergey ein kleines
Buch mit einem goldenen Einband aus seiner Tasche.

Es war eines der Tagebücher, die er Jahre nach dem Tod seiner Mutter in einer Truhe gefunden hatte und ohne, dass jemand anderes davon Kenntnis hatte, an sich nahm.

Seit dieser Zeit lagerten sie in einem Bankschließfach in der Schweiz, zu dem nur er persönlich mittels Irisscan Zutritt hatte.

Tag für Tag der Eintragungen lieferten ihm ein Bild von Olga, wie sie vor der Hochzeit mit Igor Solchov gewesen war und an welchen Projekten sie gearbeitet hatte.

In einem der zahlreichen geheimen Forschungsprojekte war die Vorstufenentwicklungen zum Organic Liquid Location System (O.L.L.S), für das sie hauptverantwortlich gewesen war, zu nennen.

Doch dass sie die Forschungsergebnisse heimlich testete, hatte bis zum jetzigen Zeitpunkt außer ihr niemand gewusst.

Beide konnten dem Buch entnehmen, das eine der unwissentlichen Testpersonen Jonathan White gewesen war.

Und genau dieses Geheimnis Olgas hatte Sergey auf die Spur des Geliebten seiner Mutter geführt.

Sie fanden heraus, dass sie eines Abends, als sie mit Jonathan von einer feuchtfröhlichen Geburtstagsrunde nach Hause gekommen war und er wie ein Halbtoter weggeschlummert war, eine Spritze ansetzte und ihm den Teststoff verabreichte.

Das Mittel, welches sie ihm damit injiziert hatte, war gänzlich neu. Eine Flüssigkeit, die nicht nachweisbar, nicht abbaubar, also für immer im Körper verbleibend war, mit der Fähigkeit, geortet werden zu können.

Mit dieser Technik und weiteren Informationen aus Olgas Aufzeichnungen, war es Sergey möglich gewesen, die Position von Jonathan zu orten. Als Jonathan dies nun erfuhr, wusste er nicht genau, ob er Olga posthum ein Kompliment aussprechen sollte oder er sie dafür hassen musste, dass er derart von ihr missbraucht worden war. Jedoch, in Anbetracht seines Verrates an ihr bekam dieser Gedanke einen makabren Zug. Aber ein Gutes hatte der ganze Zusammenhang. Es war ihm endlich wieder möglich, Olgas eigen Fleisch und Blut nahe zu sein.

53

Olgas Truhe

Als Sergey nach seinem Schulabschluss im Schweizer Internat für einige Monate in St. Petersburg verweilte, hatte er genug Zeit, sich mit seiner Vergangenheit, der frühen Jugend und der seiner Mutter zu befassen.

Die alte Truhe Olgas, die noch immer in ihren Gemächern im Ostflügel des Anwesens der Solchovs stand, kannte Sergey noch aus der Zeit als kleiner Junge, als er mit seiner Mutter hier zusammen spielte, bevor sie verstarb.

Die Truhe war scheinbar schon sehr alt, da auch Olga schon in ihrer Jugend mit dieser kantigen Holzkiste groß wurde. Im Innern fanden sich alte Fotoaufnahmen, die Olga spielend in diversen Verkleidungen zeigten. Mal sah man sie als Prinzessin, Ärztin oder Zirkusartistin. Unter anderem fand er aber auch ein Foto, bei der sie sich mit einem Pelz und einer Mütze, im Stil einer Lady gekleidet, präsentierte.

Im Arm hielt sie einen Korb, in dem sich eine Katze in eine Decke kuschelte.

Er entnahm dieses Bild, welches bald zu seinem Lieblingsbild wurde und trug es seither immer bei sich.

Er suchte weiter und fand die Tagebücher, ihre geheimen Projektaufzeichnungen und viele andere, über die Jahre angesammelte Gegenstände, die in dieser Truhe in einer Art Geheimfach hinter einem doppelten Holzboden versteckt waren. Je älter er wurde, umso besser verstand er die Zusammenhänge und erkannte die Notwendigkeit, diese Unterlagen an einem Ort außerhalb Russlands in Sicherheit aufzubewahren.

54

Der Blitz

Neben den Fakten, die die russischen Kollegen und IT-Spezialisten zur Servernutzung lieferten und so das Umfeld des Imperiums von „Solchov Industries" in Verdacht brachten, ergab sich für die SOKO Sunflower ein weiterer interessanter Zusammenhang.

Auf einem Foto, welches eine Verkehrsradaranlage, auf der Autobahn zwischen Mannheim und Stuttgart aufgenommen hatte, wurde eine Limousine mit überhöhter Geschwindigkeit geblitzt, bei der ein Schweizer Kennzeichen zu sehen war. Die Überprüfung ergab ein Unternehmen in Zürich als Halter, die ebenfalls zu den weit verzweigten Firmen der Solchov Industries zählte. Das beobachtete Fahrzeut hatte als weiteres Merkmal, mit einem Elektroantrieb ausgestattet zu sein.

Auf dem Foto war der Fahrer gut zu erkennen.
Nach einem Abgleich mit den schweizer und russischen Kollegen, handelte es sich allem Anschein nach um den Erben der Dynastie, Sergey Solchov, der sich aus den aktiven Geschäften der Solchov Industries zurückgezogen hatte. Manche Stimmen

wurden sogar laut, die behaupteten, dass er bewust entfernt worden wäre.

Die Zusammenhänge zwischen Servernutzung und räumlicher Nähe zum Zeitpunkt der Morde in Mannheim und Stuttgart, stellte einen so starken Verdacht her, dass Sergey Solchov international zur Fahndung ausgeschrieben wurde.

55

Die Aufbahrung

Das Bild, welches sich Sergey so fest in das Gedächtnis eingebrannt hatte, entstand bei der Verabschiedung seiner gerade, unter ungeklärten Umständen, verstorbenen Mutter. In der bis auf den letzten Platz gefüllten Leichenhalle war Olga aufgebahrt.

In der im Innern fast ausschließlich weißen Halle stand in der Mitte ein ebenfalls weißer, hochglanzlackierter Sarg mit goldenen Beschlägen.

Im geöffneten Sarg lag Olga mit feinem, blassem Teint, wie von Meisterhand geschminkt.

Der Rest des Körpers mit einem feinen, weißen Leichentuch abgedeckt und in den gefalteten Hände eine Sonnenblume, die ihr der kleine Sergey als Abschiedsgruß mit auf ihre letzte Reise gab.

Auch im Rest der, von zahlreichen Floristen, geschmackvoll ausgeschmückten Halle gab es von Olgas Lieblingsblume unzählige Exemplare.

Zur Musik eines Klavierkonzertes Rachmaninoffs wurde der Sarg verschlossen und unter dem Geleit der Trauergäste unter Anführung von Igor und Sergey Solchov zum Familiengrab geführt. Hier endete die Ära Olga Solchovs abrupt.

56

Geständnisse

Als Sergey mit Jonathan in die geheimen Räumlichkeiten im Innern des ehemaligen Silogebäudes eintrat, überkam ihn das Gefühl, dass nun der richtige Zeitpunkt gekommen sei. Endlich wollte er die vielen Dinge, die er als Ballast mit sich trug, mit seinem neuen Vertrauten teilen.

Für Sergey, der trotz langer psychologischer Betreuung unterbewusst für sich selbst entschlossen hatte, dass nicht nur er durch den Verlust eines geliebten Menschen leiden sollte, war es unumgänglich gewesen, zu handeln. Er musste schlicht eine reale Darstellung des sich in seinem Kopf eingebrannten Bildes seiner aufgebahrten Mutter in die Tat umsetzen, um endlich wieder „normal" zu werden.

In der unwirklichen Welt der Silowaben berichtete Sergey von seiner genauen Vorbereitung zur Serie seiner inneren Befreiung.
Und dass das erste Opfer sich an ihrem letzten Abend in unmittelbarer Nachbarschaft zu Jonathans geheimem Versteck aufhielt, war purer Zufall, aber vielleicht auch Fügung gewesen.
Ihm war nicht bewusst gewesen, dass Jonathan ihn während seiner gesamten Tat beobachtet hatte. Auch wenn er ein pedantischer Planer war und seine Leidenschaft für Schach ihn stets dazu brachte, mehrere Schritte im Voraus zu durchdenken, konnte er diesen Umstand nicht vorhersehen.

Teil des Plans und des Spiels war es auch, eine gewisse Spannung aufzubauen, auf die er zu reagieren hatte, da er nicht wusste, wer sein nächstes Opfer sein würde und wo er zuzuschlagen hatte. Durch den jungen Spanier gelang es ihm, seine seelische Berfreiungsaktionen auf diese Weise noch zu intensivieren. Doch diese bewusst gewählte Unsicherheit wurde dann zu einem noch größeren Kontrast zu seiner Kontrolle über die Damen, denen er sich annahm.

Dann hatte er wieder alles im Griff und konnte sich wirklich entspannen.

So wie er auch Jonathan mit dem O.L.L.S. aufgespürt hatte, nutzte er diese Technik ebenso, indem er die Lokalisierungsflüssigkeit in den Stiel der Sonnenblumen spritze und so genau aus sicherer Entfernung orten konnte, wohin seine Opfer gingen oder sich aufhielten.

Das Spezialgift „BTX" aus synthetischer Herstellung war im Geheimfach von Olgas Truhe versteckt gewesen und leistete ihm, dank umfangreicher Aufzeichnungen in ihren Tagebüchern, gute Dienste. Er deutete es als Zeichen seiner verstorbenen Mutter, die ihm die Kiste zurückgelassen hatte, um mit deren Inhalt der Welt ihren Verlust heimzuzahlen.

57

Fahndung

Der Automatismus der Fahndung nach Sergey Solchov lief auf Hochtouren und schnellstmögliche Umfeld- und Hintergrundstudien bescheinigten, dass er sich schon seit Jahrzehnten in psychologischer Betreuung befand. Es stellte sich heraus, dass er exakt aus diesem Grund nicht als alleiniger führender Kopf die Geschäfte von Solchov Industries führen sollte. Stattdessen hatte man ihn lieber aus dem Imperium freigekauft.

Dank der Nutzung seines High-Tech Elektrofahrzeuges war es den Behörden nach richterlichem Beschluss möglich, eine Ortung der schwarzen Limousine vorzunehmen. Das Fahrzeug befand sich aktuell in Mannheim in der Nähe vom SILO8-Hotel.

Trotz der schnellen Lokalisierung schien Sergey beim Versuch des Zugriffs wie vom Erdboden verschluckt, auch wenn sich das Barpersonal an ihn und eine unbekannte Begleitperson erinnern konnte.

58

Tagebuch II

Die Neuigkeiten, die Sergey Jonathan gerade eröffnet hatte, musste er nach und nach verarbeiten und mit der Schuld leben, am ungeklärten Tod von Olga mit verantwortlich zu sein.

Ein Karussell der Gefühle drehte sich bei Beiden und sollte sich noch beschleunigen als Sergey eines der letzten Tagebücher, aus der Zeit mit Jonathan, aus der Tasche zog.

An der Echtheit und Korrektheit der Aufzeichnungen konnte kein Zweifel bestehen, da hier zu viele Details beschrieben waren, die nur Jonathan und Olga wissen konnten.

Die Erinnerung an die letzte schöne Zeit ließ Jonathan kalte und heiße Schauer über den Rücken laufen.

Tag für Tag, Eintrag für Eintrag, den Sergey zitierte, schien es als wäre es gestern gewesen, auch wenn mittlerweile über vierzig Jahre dazwischen lagen.

Das Schauern verstärkte sich noch, als Sergey den Eintrag vom letzten intimen Treffen vorlas bei der Olga kurz zuvor von Jonathans Festnahme erfahren hatte. Sie gestand den Seiten, dass sie von Jonathan schwanger war.

Es war ihr geglückt, das Kuckucksei ihrem Ehemann Igor Solchov ins Nest zu legen, der nichts bemerkte sondern vielmehr stolz war, so schnell Nachwuchs zu bekommen. Dies eröffnete Olga die Möglichkeit, ein Stück ihres Geliebten immer in ihrer Nähe zu wissen.

Die Beiden saßen sich fassungslos über die neuerlichen Erkenntnisse gegenüber.

Frei, aber doch gefangen in ihrer gemeinsamen Vergangenheit.

Es war fraglos schlimm gewesen, dass Jonathans Sohn solche Taten zur Aufarbeitung seiner seelischen Schmerzen begehen musste, jedoch fragte er sich, ob er es ihm verzeihen konnte und somit eine gemeinsame Zukunft möglich war. Wie sollte diese aussehen? Sollten sie, um nicht wieder getrennt zu werden, eine Gefangennahme in den Räumlichkeiten des Silos in Kauf nehmen? Oder sollten sie es wagen, mit dem Vermögen Sergeys ein neues Leben an einem fremden Ort zu beginnen? Doch dies brachte die ständige Gefahr der Enttarnung und der Festnahme mit sich.

Konnte es für beide überhaupt eine gemeinsame Zukunft geben?

Eventuell war zu viel passiert, um die Waage zwischen Vorwürfen und Gefühlen zum tatsächlichen Vater ins Gleichgewicht zu bringen.

59

Zugriff

Das Umfeld um das ehemalige Speichergebäude von SILO8 wurde weiträumig abgesperrt, sodass es schier unmöglich sein sollte, aus diesem dichten Geflecht des Sicherheitsnetzes zu entkommen.

Im Hauptfokus lag der nähere Bereich um das von Sergey Solchov abgestellte Fahrzeug mit schweizer Kennzeichen, sowie alle bekannten Zu- oder Ausgänge zum Gebäude.

Das Team um die SOKO Sunflower, unter der Leitung von Kommissar Klocke, war mit der Unterstützung eines Sondereinsatzkommandos angerückt, welches darauf spezialisiert war, in einem definierten Zeitpunkt die richtigen Entscheidungen zu treffen.

Die schwarzen Kombis und Transporter mit den Fachleuten und deren High-Tech Gerätschaften positionierten sich so weit wie möglich entfernt, sodass sie nicht sichtbar waren und die Spezialkräfte verteilten sich ringsum das Gebäude.

Die natürliche Spannung der Situation musste professionell gepuffert werden, um nicht unnötig Personen durch falsches Verhalten in Gefahr zu bringen.

Mittlerweile war es ein Uhr am Morgen und die letzten Gäste in der Bar wurden aufgefordert, die Bar zu verlassen. Auch alle Hotelzimmer waren bereits geräumt worden.

Auch Kommissar Klocke hatte sich eine Karbonfaser verstärkte, schusssichere Weste angelegt und alle am Einsatz Beteiligten waren über Funk-Headsets miteinander verbunden.

Das Sonderkommando beobachte jeden Winkel um das Gebäude mit Nachtsichtgeräten und Wärmebildkameras.

Den Beobachtern fiel auf, dass es im Bereich der ungenutzten Siloröhren scheinbar Stellen gab, die ein verändertes Wärmespektrum zeigten, obwohl hier eigentlich nur Luftraum sein sollte.

Anhand der vorliegenden Bestands- und Umbaupläne, die auf den Monitoren im Leitungsfahrzeug aufgespielt und angezeigt wurden, konnten diese Daten näher verifiziert werden. Scheinbar gab es hier tatsächlich Unregelmäßigkeiten, die anhand der Wärmebildaufnahmen einer Drohne, die über die Schnittzeichnungen der Siloröhren gelegt wurden, klar erkennbar wurden. Die Röhren durchliefen nicht, wie ursprünglich, fast die gesamten 25 Meter, sondern es wurden im Geheimen Zwischenebenen eingebaut.

Für Klocke und sein Team konnte das nur bedeuten, dass dort nach dem geistig instabilen Täter zu suchen war. Da keine bekannten Zugänge sichtbar wurden, sollte ein Zugriff von außen durch die Fassade erfolgen. Von einem angeforderten Leiterfahrzeug der Feuerwehr wurden im Bereich des Großgraffitis an dem als optimal ermittelten Punkt für den Einsatz Sprengsätze angebracht. Eine definierte Stelle von ca. zwei mal zwei Metern klaffte von der Wucht der Explosion in kleine Teile gerissen auf und lieferte einen ersten Einblick in die unrechtmäßig eingebaute Zwischenetage.

Nachdem die Rauchschwaden sich verzogen hatten, wurde das Innere von starken LED-Lampen des Einsatzkommandos strahlenförmig erhellt. Erste

Raumstrukturen zeichneten sich ab. Kubus an Kubus fügte sich zu einer beachtlichen Fläche von Wohn- und Arbeitsbereichen zusammen. Hintereinandergeschaltet ergaben fünf der Raummodule die Gesamtgebäudebreite des ehemaligen Speichers. Unwirkliche Räume mit teilweisen kathedralen Raumhöhen.

Etliche Querverzweigungen erzeugten eine Art Labyrinth, welches nun systematisch durchsucht wurde.

Alle Räume waren fensterlos, jedoch mit großflächigen Leuchtpaneelen ausgestattet, sodass die fehlenden Fenster nicht als Nachteil erkennbar waren. Aber jetzt, am frühen Morgen, spielten die ungewöhnlichen Lichtverhältnisse eher eine Nebenrolle. Das Hauptaugenmerk galt dem gesuchten Sergey Solchov, der sich möglicherweise noch in den vollausgestatteten Räumen aufhielt. Es gab eine ganze Reihe von deutlich sichtbaren Spuren wie Gläsern und Getränkeresten, die die Anwesenheit einer Person bis vor kurzem nahelegte. In einem der letzten Räume, welcher nach der Einrichtung als Schlafraum zu erkennen war, lag auf dem Bett ein älterer Herr mit gepflegtem Äußeren.

Die Beschreibung traf in jedem Fall nicht auf Sergey Solchov zu, aber mit an Sicherheit grenzender Wahrscheinlichkeit war der Mann, der keinen erkennbaren Puls hatte, nicht länger als eine Stunde tot.

Die schwerbewaffneten Sondereinsatzkräfte teilten sich in mehrere Teams auf, um die Lage analytisch abzuarbeiten. Ein Team blieb bei der Leiche, ein Team sicherte weiter das äußere Umfeld unter Leitung von Kommissar Klocke und ein Team erkundete weiter das verzweigte Raumgefüge. Dabei stießen sie auf eine innere Treppenanlage, die einige Etagen nach unten führte und in einem versteckten Ausgang eines ehemaligen Pegelbauwerkes endete. Hierüber war Sergey Solchov wohl entkommen.

Die erkennbaren Spuren zeigten ganz deutlich, dass er diese Vertikalverbindung, genutzt hatte, jedoch nicht, wie zunächst angenommen, zur Flucht nach unten, sondern gerade in die andere Richtung, zur großen Edelstahlflachdachfläche des Silos.

Von dort hatte er einen freien Blick über die im lilafarbenen Licht der Morgendämmerung eingefärbte Skyline von Mannheim und Ludwigshafen.

Klocke und sein Team am Boden hatten mittlerweile den am Dachrand stehenden Sergey Solchov gesichtet und versuchten mit ihm Kontakt aufzunehmen. Scheinbar war seine Entscheidung schon gefallen und nicht mehr beeinflussbar.

Wenige Augenblicke nachdem versucht wurde mit ihm zu kommunizieren, rauschte ein schwarzer Schatten an den großen Augen des Fassadengemäldes vorbei und schlug acht Etagen tiefer auf dem Asphalt auf.

60

Blick aus der Ferne

Im tiefverschneiten Alpendorf des schweizer Wallis verfolgten die beiden Finanzjongleure Büttner und Hoschick zum einen die internationalen Aktienmärkte und insbesondere die enormen Gewinne, die sie mit ihrem aktiven Handeln zur Manipulation des Aktienkurses der SOL.AR.IS AG erzielten.

Zwar hatte die Festnahme ihres beauftragten Erfüllungsgehilfen, dem roten Egon, zwar zu einem Risiko geführt, aber keine Spur sollte zu ihnen in die Schweiz führen.

Die Infos, die sie im Hotel SILO8 durch die Untersuchungen der Polizei in Mannheim erhielten, waren die ideale Steilvorlage gewesen, um als Trittbrettfahrer im Strudel des Sonnenblumenmörders zu handeln und alles in die richtige Richtung zu bewegen.

Im fernen Monterey in Kalifornien erlosch das rote Blinklicht auf dem Monitor und zeigte nur noch einen statischen Punkt der letzten Lokalisierung.

Sie zeigte den Friedhof in Mannheim, wo Jonathan White als nicht identifizierbare Leiche anonym beigesetzt worden war.

Nach dem fingierten Todesfall und der anschließenden Aufbahrung einer anderen Leiche mit Abdruck ihres Gesichts, lebte Olga nun unter dem Schutz des amerikanischen Geheimdienstes im sonnigen Kalifornien und leistete über die Jahre, nach ihrer Schutzaufnahme der Regierung, große Hilfe bei der Entwicklung von Ortungssystemen mit extremer Genauigkeit, die gerade für militärische Zwecke genutzt wurden.

Der Lohn ihrer Freiheit war zwar durch den Verlust ihrer beiden nahestehendsten Menschen getrübt, doch sie hatte versprechen müssen, niemals mehr mit Jonathan Kontakt aufzunehmen.

Und daran hielt sie sich die ganzen Jahre, wenn es ihr auch immer schwer fiel, ihren Gefühlen nicht zu folgen.

Aber nun, nach seinem Ableben, konnte sie ihm zumindest an seinem Grab, im Schutze der Anonymität, die letzte Ehre erweisen.

Die größte Entbehrung, die sie all die Jahre ertragen musste, war der physische Verlust ihres Sohnes Sergey, wobei sie in Gedanken immer bei ihm war und auch aus der Ferne, zumindest medial, sein Handeln im weitverzweigten Konzern verfolgen konnte.

Sein Freitod war weltweit in der Presse präsent, jedoch konnte über die wahren Hintergründe lediglich viel spekuliert werden und letztlich wusste nun nur noch Olga, was ihn wirklich zu den Entscheidungen seiner letzten Tage und Stunden bewegt hatte. Eine Mutter verstand ihr Kind und sollte es auch noch so weit entfernt sein.

Eine letzte Reise sollte sie mit ihrer neuen Identität an das Familiengrab der Solchovs nach St. Petersburg führen, um sich von ihrem Sohn verabschieden zu können, dessen Name nun neben ihrem eigenen auf der Marmortafel verewigt war.

61

Schlusspunkt

Neben ihrem himmlisch bequemen Bett im Hotel SILO8 summt der eingestellte Alarm ihres Smartphones und Grit Swenson wird aus ihrem lang anhaltenden Traum geweckt. Sie ist sichtlich froh, dass alles, was sie die letzten Stunden geträumt hat, nur Fiktion war, oder vielleicht auch nicht?
Ein Anruf bei Soe Bim sollte ihr Gewissheit bringen.

Sie atmete auf, als sie Soes Stimme am Telefon vernahm und sie sie sicherlich in Kürze in Frankfurt zum vereinbarten Meeting treffen würde.

Dominique Marie

ON N'Y PENSE JAMAIS

Roman

BoD-Books on Demand
12/14 rond point des Champs Élysées
75008 Paris, France

6

BoD-Books on Demand
ISBN : 9782322044443

Du même auteur :

La Société et les Infestés - Mon Petit Éditeur, 2013

Calixte - Les Éditions du Net, 2014

8

À Chloé

Chapitre 1

Bordeaux en 1798 - Jean Rateau a 14 ans.
Bagarre Chartrons contre Chapeau Rouge
L'adjudant-général Malet est chef d'état-major
de la 6e division militaire de Besançon

« Ainsi, Jean-Auguste Rateau étant né à Bordeaux le 12 mars 1784 n'avait que vingt-huit ans en 1812. Quelle tragédie ! » S'exclame Chloé en refermant sa tablette numérique. L'émotion la saisit. Sur sa table, le gobelet de plastique est froid…

Dans leur quartier, le quartier des Chartrons[1], Jean Rateau et ses camarades, Pierre, Saturnin et le petit Louis, se rendent du côté de la verrerie Mitchell[2] là où ils avaient vu des jeunes de leur âge jouer aux dés, plus précisément au passe-dix[3]. Ils empruntent une ruelle encore mal empierrée, sau-

---

[1] Aujourd'hui, ce quartier est intégré à la ville de Bordeaux.

[2] C'est en 1723 que Mitchell créa la première verrerie bordelaise.

[3] Ancien jeu qui consiste à faire plus de dix d'un seul coup avec trois dés.

tent des trous où l'eau croupit, franchissent des pontons de bois posés çà et là quand les flaques sont trop importantes, bref, on court, on éclabousse, on se barbouille, on rit, on joue.

Un peu plus loin, le petit Louis qui, sautillant devant les plus grands, a disparu derrière un tournant pousse un cri. Quatre gamins barrant le chemin lui font face. Des gamins de la ville : point de bonnets, mais chapeaux et redingotes. Alors Saturnin margotte comme une caille, puis déclare :

« Ils ne vont pas nous interdire de passer ? » et aussitôt il lance :

- À moi les Chartrons !

La réponse d'en face ne se fait pas attendre :

- À moi les Chapeau Rouge[4] ! »

Ces bourgeois, qui habitent probablement dans la rue du Chapeau Rouge, attendaient le moment de laver la tête à quelques adversaires. À cette occasion, ils ont l'avantage du nombre, le petit Louis étant trop jeune.

---

[4] La rue du Chapeau Rouge, aujourd'hui cours du Chapeau Rouge, est située dans le centre de Bordeaux.

13

Épaule contre épaule, Jean, Saturnin et Pierre avancent fièrement vers ces poux de soie[5] leur opposant un front déterminé qui leur ferme le passage, les Chapeau Rouge font de même. L'affrontement est inévitable. Le petit Louis ramasse un gourdin qu'il apporte à son frère.

« Lâches ! s'écrie l'un des Chapeau Rouge.

- Qui s'y frotte, s'en plaint » nargue Saturnin.

Le Chapeau Rouge répond par un mouvement silencieux de la main époussetant sa redingote, puis à la manière d'un bélier s'élance sur Saturnin. Ce dernier, déséquilibré, se voit dessaisi de son arme. Les Chartrons ripostent au poing, Jean s'apprête à saisir un caillou quand il est bousculé à son tour. Les coups pleuvent. Les Chartrons reculent. En arrière de la ligne de front, le petit Louis se niche dans le renfoncement d'une porte. Enfin, ces poux de soie de Chapeau Rouge, parviennent à forcer le passage et en passant devant la porte protectrice, chahutent le petit Louis qui se recroqueville en larmes, ils n'ont pas besoin d'être méchants pour l'impressionner.

---

[5] Étoffe de soie.

Le combat est terminé. Les Chartrons reprennent leur souffle, s'époussètent et assistent à la dernière bravade de leurs vainqueurs qui, au rythme d'un rigaudon, s'éloignent, sautillant, chapeaux tournoyant en l'air.

Tous conviennent que dans leur état, il ne leur est plus possible de rejoindre les joueurs de passe-dix : les visages sont égratignés, les vêtements déchirés ; la boue colle jusqu'aux joues. Jean ramasse son bonnet tombé dans une flaque, le pose sur sa tignasse. Le petit Louis sort de son refuge et, se regroupant, chemin faisant, les quatre amis s'en retournent déguenillés. Le petit Louis demande :

« Est-on en sauveté maintenant ?

Les autres reprennent :

- On leur a bien résisté, pourtant c'étaient des grands et tellement plus nombreux.

- C'est vrai

- Il s'en est fallu de peu qu'on ait le dessus.

- Sûr.

- Moi, j'ai fait semblant de pleurer, ça leur a fait peur ».

La modernisation de Bordeaux avait refoulé hors des murs l'implantation des nouveaux ateliers, chais, fabriques, manufactures. C'est ainsi que le faubourg des Chartrons s'est développé assez rapidement. Situé sur la même rive et en aval de la vieille ville dont il est séparé par le château Trompette[6], il prolonge en son nord l'activité du port de la Lune[7].

Rebroussant chemin, Jean et ses amis longent les quais. Là, ils se mêlent à la foule venue en quelque sorte au théâtre. Les charretiers, moussaillons, débardeurs s'activent autour des chariots ou fourgons ou bien, depuis les gabares[8], allèges[9], chaloupes et autres canots. Les encouragements aux bêtes de somme, les ordres, les appels se mêlent aux aboiements et hennissements. Le flux et le reflux des marchandises venues de tous horizons ou destinées à traverser les océans avivent la curiosité des badauds. Sur les quais souffle un air de Bernardin de Saint-Pierre ou de Bougainville. Les indigènes, ces bons sauvages, étonnent. Les plantes et fruits

---

[6] La place des Quinconces est établie sur le site du château Trompette qui fut construit au XVe siècle, quand la ville fut reprise aux Anglais, et totalement détruit en 1818.

[7] Port de Bordeaux établi sur la Garonne dans un méandre en forme de croissant de lune.

[8] Bateau traditionnel destiné au transport des marchandises.

[9] Embarcation à fond plat.

exotiques surprennent. Ananas, fruits de la passion, cannes à sucre, thé, sacs de cacao, toutes ces denrées précieuses, à ce que l'on dit, suscitent le plus grand intérêt. Les uns vont, les autres viennent : sueur et mouvement, impression de grand désordre or, il n'en est rien.

Chapitre 2

Bordeaux en 1798 - Jean Rateau a 14 ans
Malet est chef d'état-major de la
6e division militaire

Au retour de Jean, Nicolas Rateau[10], son père, considère que les affaires du petit relèvent de la compétence de Vuillemette, son épouse. Il n'est pas homme à réprimander son fils même quand ce dernier revient dépenaillé. La soirée au coin du feu, écuelle à la main, ne sera guère bavarde. Pataud qui n'écoute rien, continuera de dormir de tout son long, les pattes arrière écartées. Bien que la mère de l'enfant ne soit pas malhabile à coudre, ce retour n'est pas sans risque. Jean doit supporter les cris de Vuillemette, ceux-là même qui poussent Nicolas et Pataud dehors. Quant aux poules, à cette heure-ci, elles sont couchées.

---

[10] Les prénoms des parents de Jean-Auguste Rateau, Nicolas et Vuille-mette, relèvent de la fiction, il en va de même pour celui de sa tante, Faustine, qui apparaîtra plus loin.

Ainsi, pendant que Jean essuie des récrimina-
tions, son père et le chien s'appliquent à faire le
tour de la distillerie. Ils rentreront une fois le calme
revenu.

Chemin faisant, Nicolas pense tout haut, à
moins qu'il ne tienne conversation à son chien. Au
regard que Pataud pose sur son maître, on devine
qu'il comprend tout.

Les alambics, les tonneaux pour la fermenta-
tion des fruits ou pour l'élevage des eaux-de-vie, les
bouteilles vides, les dames-jeannes celles qui sont
pleines et prêtes à la vente, les bouchons, la cire,
sont sous bonne garde.

À quatorze ans, on a beau être grand, on
n'échappe pas aux bêtises.

Quand Jean et ses camarades prennent la distillerie pour un terrain de jeu, le citoyen Rateau
s'évertue à élever la voix, manière d'alerter Vuillemette :

« Allez donc jouer plus loin ».

Vuillemette arrive en courant jusqu'à attraper
l'un des chenapans au terme d'une poursuite au

cours de laquelle il faut éviter que le coquemar[11] ne soit renversé. La soupe en serait répandue, les artisans ne feraient pas chabrot[12] à l'heure de la pause.

Chaque enfant a droit à une taloche, ce n'est pas le pire, le plus dur ce sont les cris de Vuillemette, soprano dans son style, ils font fuir tout le monde sauf ces jeunes fripons qui restent penauds. Têtes basses et solidaires, Pierre, le petit Louis, le frère puîné de Saturnin et Saturnin lui-même demeurent stoïques face à ces réprimandes.

À cet âge, l'amitié est une vertu cardinale. Le monde des camarades constitue une autre famille et Jean connaît bien ses frères de jeu, on va chez l'un ou chez l'autre et leurs familles sont un peu siennes.

Pierre, le rouquin, n'est pas bien gras. Il est vrai que son père, qui est savonnier dans une manufacture des Chartrons, est seul à s'occuper de ses enfants depuis qu'il a perdu sa femme en couches. Bien que son loyer ne soit pas élevé, il ne lui reste plus d'argent pour acheter jouets ou gâteaux, néanmoins ses enfants ne manquent pas de l'essentiel d'autant que leur grande sœur, placée à la ville

---

[11] Bouilloire de terre ou de métal.

[12] Habitude occitane qui consiste à rajouter du vin dans son bouillon.

comme domestique chez les Guilhou, des armateurs, aide les siens.

Saturnin et le petit Louis appartiennent à une
famille de marins. Leur frère ainé est pêcheur sur
une goélette si bien que le grand frère rentre tous les
jours à l'heure de la criée. Le cadet a suivi l'ainé,
mais comme mousse. Le poisson ne manque pas.
Ce goût pour la mer, ils le tiennent de leur père, un
vrai matelot qui effectue des voyages au long cours
sur Le Moine-Tatty. Ce navire de 784 tonneaux est
assez imposant pour voguer vers l'Afrique la plus
obscure, dit-on, à moins que ce ne soit vers le Séné-
gal, puis de là-bas jusqu'aux îles nouvelles des
Amériques, qui se situent fort loin, bien au-delà des
horizons successifs. Ce sont des voyages de plusieurs mois. Le pauvre enfant ne voit pas souvent
son père et sa pauvre mère a fort à faire avec toute
sa progéniture. Les femmes du quartier racontent
que ça ne manque jamais, qu'après chaque retour
du père, la mère de Saturnin est grosse d'enfant. De
mauvaises langues insinuent que la mère a plus de
grossesses qu'on ne compte de retours du père.

Chapitre 3

*1798 - Jean Rateau a 14 ans
Malet est chef d'état-major de la 6e division*

L'échoppe[13] qui abrite les Rateau s'appuie contre le bâtiment principal de la distillerie.

Nicolas Rateau, le père de Jean, avait autrefois suivi maître Richard Hennessy[14], un ancien officier devenu bouilleur. Ensemble, ils avaient quitté Cognac pour implanter à Bordeaux une distillerie hors les murs, dans le quartier des Chartrons. À cette époque, la distillation d'eau-de-vie n'étant guère pratiquée à Bordeaux, elle payait bien, car cette profession y comptait peu d'artisans.

---

[13] À Bordeaux, il s'agit d'une petite habitation de plain-pied.

[14] Officier français, né en Irlande. Fondateur de la maison Hennessy. Il quitta Cognac en 1776 pour s'établir à Bordeaux.

Aussi maître Hennessy s'emploie-t-il à ne pas gâter le métier [15]: Nicolas perçoit un salaire de 1 franc 3/4 par jour, ce qui correspond à trente-cinq sous d'autrefois, auxquels s'ajoutent le logement, mais aussi le vin, une fiole d'eau-de-vie, le feu et la chandelle.

Dans la journée, Nicolas Rateau et d'autres ouvriers sont tout à leur emploi. Maître Hennessy se rend sur place très fréquemment. Il prend à tâche de tout contrôler et vérifier ; point n'est besoin d'élever la voix, il est homme d'autorité, tout le monde est à son poste et sait ce qu'il a à faire.

De son côté, Vuillemette tient sa maison. Elle charge la marmite qui est suspendue à la crémaillère de bonnes choses qui s'agitent au-dessus des braises. Les arômes se répandent dans la maison et se mêlent aux effluves des alambics de la distillerie.

Loin de vivre dans l'opulence, les Rateau n'ont donc pas à se plaindre. Leur vie est sereine.

Leur échoppe est prolongée par un terrain de deux quartelées[16] environ. Cela permet à Vuille-mette d'élever des poules qui lui rapportent

---

[15] Expression ancienne.

[16] Ancienne unité de surface.

quelques sols[17] les jours de marché. Le chien, Pataud est assez impressionnant pour dissuader renards et loups qui marauderaient la nuit.

Vuillemette gouverne sa basse-cour. Elle en aime la compagnie. Elle comprend si bien ses poules qu'on dirait qu'elles caquètent ensemble. Il y a le jeune coq, c'est lui qui, depuis le dimanche précédent, est tout seul à pérorer ; il y a les poules qui vont, viennent et picorent ; il y a les poussins qui suivent le mouvement ; il y a aussi la Pelée, objet de la méchanceté de ses congénères. Il suffit d'un ou deux « pioupious » pour que tout ce petit monde accoure en dodelinant comme des mégères convergeant vers le marché. Il y a aussi le corbeau qui attaque les poussins à la tête, le renard, terrible prédateur qui tue plus que de besoin sauf quand il cède à la tentation d'une vieille cocotte effarouchée qui, à l'abri de solides barreaux, sert d'appât à l'intérieur d'un piège aux dimensions imposantes.

---

[17] La création du franc germinal n'a pas totalement supplanté les monnaies de l'ancien régime.

Chapitre 4

1798 - Jean a 14 ans
L'école de Jean et l'incident de Guillaume
Malet est chef d'état-major de la 6e division

L'école n'est pas une mince affaire. Que ce soit dans la classe de l'institutrice quand on est chez les petits ou dans celle de l'instituteur, quand on est plus grand, il est de bon aloi d'être désinvolte, d'exprimer une manière de dédain, dans le but de se faire remarquer ; on s'en fait gloire. On a beau être dans la classe des grands, souvent ce comportement se heurte à l'irritation du maître d'école ; ses réprimandes peuvent être lourdes. Du coup, on apprend à écorche-cul[18] à lire, à écrire, à compter. Quand on est interrogé, ce n'est pas drôle, il y a toujours un camarade goguenard, un autre pour s'esbroufer, un troisième pour faire entendre un rire qu'il fait semblant d'étouffer. Jean serait mieux à la distillerie.

---

[18] Aujourd'hui, on dirait : en rechignant.

Pour autant, à l'école, tout n'est pas négatif. On s'y lie d'amitié. On s'y amuse. On y réinvente des jeux, on s'y bagarre, bref, on y vit des exploits et des drames.

Quand elle était enfant, Vuillemette a eu la chance de ne pas résider à Bordeaux. À la campagne où elle habitait, elle aurait eu à parcourir plusieurs lieues à travers champs et bois pour se rendre à l'école. Elle était trop petite, ce n'était pas envisageable, surtout, il lui fallait aider ses parents. Il n'empêche, elle sait compter.

Cela dit, Nicolas, le père de Jean, sait lire, compter et signer son nom. Il avait été instruit bien avant que la Révolution n'éclatât. Le régent[19] que le curé avait employé enseignait à l'école de la paroisse. Nicolas a même su écrire, maintenant c'est un peu oublié quoiqu'il puisse s'y remettre facilement, affirme-t-il.

Bien sûr, c'est à l'école que Jean s'est lié avec Pierre et Saturnin. Ils sont, comme les doigts d'une main, inséparables. Ce n'est pas surprenant, cette camaraderie remonte au temps où ils avaient sept ans et se rendaient chez l'institutrice, c'est dire l'ancienneté de leur amitié. Maintenant qu'ils sont

---

[19] Nom donné au maître d'école sous l'ancien régime.

grands et dans la classe de l'instituteur, ils considè-
rent les petits avec une bienveillance quelque peu
hautaine sauf à l'endroit de Louis, être le petit frère
de Saturnin, ce n'est pas rien.

Tout récemment, un nouveau est arrivé dans
leur classe. Il s'appelle Guillaume. À seize ans, il
est de beaucoup le plus âgé. Blond, de grande taille,
délié, il a un accent traînant. Ses parents, originaires
de Cholet, viennent de quitter Orléans pour
s'installer aux Chartrons.

Ah ! Guillaume, il en fait des choses. À
l'école, il tient tête à l'instituteur. Bien sûr, c'est un
grand, mais tout de même.

Un jour, lors d'une leçon de morale et de lois
(sacré Guillaume !), il avait reproché à l'instituteur
de vouloir remplacer le curé. La morale enseignée
n'était pas la bonne et les lois, ça ne vaut pas les
Évangiles. Guillaume en avait trop dit. Tout le
monde était médusé, l'instituteur ne lui avait pas
répondu, poursuivant sa leçon comme si de rien
n'était.

Le lendemain, en classe, deux gardes nationaux avaient fait irruption. Tous se mirent à trem-
bler et l'instituteur évitait de regarder Guillaume
pour n'avoir pas à le désigner. On a prétendu que le

fils d'un planeur[20] avait raconté l'incident à ses parents. On connaissait bien les travers de ce gamin-là, tout le monde put voir qu'il avait rougi.

Les soupçons ne se portèrent en aucune manière sur le maître d'école qui n'était pas homme à dénoncer ses élèves. Il en savait tellement sur eux qu'on pouvait lui faire confiance. Si ça n'avait pas été le cas, Vuillemette n'aurait jamais accepté de confier son petit Jean à des hommes que cette période bouleversée pouvait rendre dangereux.

Les gardes nationaux qui en imposaient avec leurs culottes blanches, leur habit bleu et leur plumet rouge planté au haut de leur bicorne, interrogèrent un à un les élèves, y compris le fils du planeur pour ne pas réveiller de soupçon. Très vite, ils parvinrent à confondre le coupable. Guillaume ne baissa pas la tête, par contre les jambes flageolaient. Le plus gradé des deux gardes, l'index pointé sur le coupable, tint avec autorité ce discours :

« Mon garçon, veux-tu que je te jette dans un cachot avec des rats, des scorpions et des serpents ? En bon républicain, tu dois apprendre ta leçon de morale. Demain, je viendrai. J'espère que tu la sauras. Salut et fraternité ».

---

[20] Artisan travaillant le métal argent pour la mise en forme.

Les deux gardes adressant à l'instituteur un salut militaire repartirent. Guillaume était blanc.
Rompant le long silence qui s'en était suivi,
l'instituteur le rassura :

« Tout à l'heure, on l'apprendra tous les deux,
comme ça demain tu la sauras ta leçon, tu verras,
elle est facile ».

Le lendemain, à l'école, Guillaume passa son
temps à marmonner entre ses dents, répétant sa leçon. On ne revit jamais les deux gardes. De cette
histoire, Guillaume avait gagné auprès de certains
de ses camarades un grand prestige. Jean, Pierre et
Saturnin étaient de ceux-là. Le fils du planeur,
quant à lui, restait toujours à proximité de
l'instituteur et ils étaient peu nombreux ceux qui
jouaient avec lui.

Depuis cet événement, Guillaume est intégré
au groupe des trois amis. Cette aventure historique
fait de lui le chef naturel de cette bande. Son âge et
sa grande expérience des filles, paraît-il, lui donnent
une avance certaine. D'ailleurs, il n'est pas avare de
récits. Il aime décrire auprès d'un auditoire particu-
lièrement attentif et curieux ses aventures galantes.
Il leur fait l'amitié de considérer qu'elles sont fort
banales. L'auditoire, quant à lui, entend comme
elles sont extraordinaires. Eux qui commencent à

regarder les filles sans oser les taquiner, réalisent qu'il est encore bien loin le temps où ils auront seize ans, faire comme Guillaume, courir le guilledou avec les plus belles filles de Bordeaux. Le héros essaie de minimiser son mérite, non par modestie, il s'en défend, mais par simple souci de vérité. Il prétend qu'il suffit d'être là au bon moment : ou bien les filles de la ville sont célibataires, alors elles sont libertines, c'est comme ça, ou bien elles sont mariées, alors ce sont des dévergondées. Il ne faut pas oublier que leurs maris n'ont rien dans les chausses[21] et qu'ils ne pensent qu'aux affaires. Les femmes de la ville s'ennuient, il l'a constaté, il n'y peut rien, c'est ainsi. Il ne cesse de répéter qu'il faut être là au bon moment. Cette démonstration est limpide, elle n'étanche pas pour autant la curiosité des trois compagnons. Les admirateurs tentent d'obtenir de leur aîné quelques secrets anatomiques. Guillaume voudrait bien répondre or c'est un sujet délicat. Les femmes de la ville ont peut-être quelques rondeurs de plus. Sans vouloir être sentencieux, Guillaume donne des réponses sibyllines. Il explique néanmoins que tout l'attrait des conquêtes tient à leur découverte ; avec ces femmes-là, les mères surtout, il n'est pas question de conter fleurette. Pierre, Saturnin et Jean veulent en savoir da-

---

[21] Élément vestimentaire couvrant les jambes et pouvant monter jusqu'à la taille.

vantage. Guillaume résiste, il ne serait pas galant d'en dire plus. Ses amis insistent.

Bien sûr, pour les trois amis relever ce défi sera difficile. Quand Guillaume, dont le tableau de chasse est impressionnant, affirme modestement que ce ne sera pas un exploit, il n'est pas cru.

Les discussions sur le sujet sont fréquentes. Les réponses demeurent énigmatiques. Quoi qu'il en soit, il faudra que ses disciples sortent des Chartrons et conquièrent la ville.

32

Chapitre 5

Octobre 1800 – Jean a 16 ans
Obsèques de Richard Hennessy
Promu général de brigade en 1799,
Malet a servi dans l'armée des Alpes sous le commande-
ment du général Championnet.

L'annonce du décès de maître Richard Hennessy ne pouvait que bouleverser les Rateau. Le père de Jean, Nicolas, avait été l'un des pionniers qui, depuis Cognac, avaient accompagné le vieux maître dans son aventure bordelaise. Avec ce départ, tout un univers disparaît.

Cela fait trois ans que l'église Saint-Éloi est rendue au culte. Elle a souffert ; cependant, on a paré au plus urgent : plus de courant d'air, plus de pluie.

Le cercueil fait face à l'autel, l'église est comble.

À l'exception du préfet Dieudonné Dubois, de nombreuses personnalités de la ville sont venues. Jean-Baptiste Mathieu, maire de l'un des trois arrondissements est au premier rang. Très attentive la petite Nathalie Mareilhac[22] accompagne ses parents ; Jean-Baptiste Mareilhac est un ancien maire, cependant, ce n'est pas à ce titre qu'il est venu ici en famille. Depuis qu'il a acquis les vignes des chartreux, à La Louvière, vendues avec d'autres biens nationaux, ce riche entrepreneur a établi un partenariat professionnel avec la famille Hennessy.

Le général Claude-François Malet, commandant militaire de la Gironde, récemment affecté, est lui aussi accompagné de son épouse et de quelques officiers. En présentant ses compliments de condoléance[23], il est fort probable qu'il a évoqué le passé de Richard Hennessy qui, sous le règne de Louis XV, fut officier au régiment de Clare avant que lui ne s'engageât à dix-sept ans dans les mousquetaires gris du même roi, rue de Beaune.

Jacques Hennessy, âgé de trente-cinq ans, est fort recueilli, son épouse ne peut plus dissimuler sa prochaine maternité. Dans les rangs des proches, la

---

[22] Nathalie est le prénom d'une personne contemporaine descendante des Mareilhac.
[23] Au singulier à cette époque.

famille Martell, venue de Cognac, est largement représentée.

Antoine Castillon, qui, assure-t-on, est sur le point de quitter la rue Mérignac pour établir son imprimerie rue de l'Égalité est dans l'assistance. Les réclames sur le brandy Hennessy paraissent régulièrement dans son journal « L'Écho de Bordeaux ». Le patron du « Journal des Dames et des Spectacles » est à ses côtés, sans doute pour les mêmes raisons.

Quelques armateurs dont le capitaine du Charles-Maurice, Léon Darribeau, occasionnellement affréteurs d'eau-de-vie, occupent les premiers rangs avec le Tout-Bordeaux.

Tous les apprentis et les artisans de la maison Hennessy sont là. Les gens du quartier eux aussi ont mis leurs vêtements des grands jours.

Quelques ecclésiastiques occupent les stalles. Au pied de l'autel en haut des marches, servi par des enfants de chœur maladroits, c'est l'évêque Dominique Lacombe[24] qui officie. Depuis une

---

[24] Évêque constitutionnel de Bordeaux, sous la révolution il n'y a plus d'archevêchés.

stalle, un prêtre rappelle aux assistants les moments d'un rituel oublié.

Dehors, le branle des cloches. À l'intérieur, ascension des encens, envol des orgues, voûtes d'ogives, lumière des rosaces, silence et méditations.

Au fond de la nef, Nicolas et Jean Rateau ne sont pas les seuls à essuyer une larme ; émotion, souvenir font gîter les âmes.

Chapitre 6

15 novembre 1800 – Jean a 16 ans
Fin de son apprentissage à Cognac
Malet est en poste à Bordeaux

Monsieur Jacques, on le connaît bien ; le vieux Rateau l'a vu enfant, quand même, ce n'est plus pareil. Il n'est pas homme à venir tapoter l'épaule de ses artisans, à leur dire un petit mot, prendre des nouvelles de la famille, à avoir de la discussion. Monsieur Jacques, c'est un autre monsieur. Il a de la distinction comme son père, par contre, il est hautain. Un jour, il avait surpris Vuillemette en train de porter dans ses bras le vieux Pataud, c'était du temps de son père ; le pauvre chien n'en pouvait plus de vivre, il lui fallait bien prendre un peu l'air. Il s'était étonné que Vuillemette n'eût point mis fin à ce rebut. Pauvre bête ! N'est-ce pas pitié que de vouloir abandonner ainsi un fidèle compagnon ?

En ce jour du 25 brumaire de l'an VIII, tous les ouvriers de la distillerie sont réunis dans la cour. Maître Jacques Hennessy qui succède à son père leur apprend que la Révolution est terminée. Le général Bonaparte qui a commandé en Italie et en Égypte a été nommé, quelques jours auparavant, Premier consul, les deux autres consuls de la république sont les citoyens Sieyès et Ducos. Les turbulences que la France a traversées appartiennent désormais au passé ; maître Hennessy-le-jeune s'en félicite. S'ouvre à présent une ère d'ordre, de paix et de prospérité. La maison Hennessy va pouvoir poursuivre son développement. Pour ce faire, on élèvera l'eau-de-vie à Cognac, ville de l'art par excellence. À Bordeaux, il n'y aura plus que ce grand bâtiment propre à entreposer les dames-jeannes et les tonneaux pour le fret.

Le vieux Nicolas Rateau est inquiet, son fils Jean, qui se tient à ses côtés l'est aussi. Jean, âgé de seize ans, est depuis trois ans apprenti chez maître Hennessy, il devait devenir quelque temps plus tard distillateur. Interrogé, un contremaître assure à la famille Rateau qu'elle pourra s'installer dans la propriété Hennessy à Cognac.

Tout un monde s'écroule. Cognac, c'est loin, à trois jours de marche et, dit-on, beaucoup plus petit que Bordeaux.

Nicolas Rateau et sa femme Vuillemette n'ont pas le cœur à quitter Bordeaux, ils sont trop vieux. Ici, c'est leur patrie, la terre de leurs parents. Ils connaissent tout le monde. Les représentants de tous les métiers venaient au chai pour s'approvisionner : regrattiers[25], patenôtriers[26], bonnetiers, taponniers[27], écrivains publics, charrons[28], maçons, couvreurs, barbiers, cardeurs[29], chaudronniers, maîtres à danser, marins, sans compter la foule des vendeurs de passage, comme les chiffonniers, bateleurs ou rémouleurs[30], sans oublier non plus les étrangers ou leurs gens venus du Danemark, de Batavie[31], des Amériques ou d'ailleurs. La fabrique et les quais des Chartrons grouillent d'une intense activité, c'est un monde qui englobe à lui seul l'univers. Que ce serait triste de quitter les lieux :

---

[25] Celui qui fait commerce des plats cuisinés de seconde main.

[26] Fabricant de chapelets et par extension de perles et boutons.

[27] Fabricant de bouchons.

[28] Fabricant de charrettes.

[29] Artisan qui démêle les fibres textiles.

[30] Artisan ambulant qui aiguise couteaux et instruments tranchants avec une pierre activée avec les pieds.

[31] La république batave créée sous la révolution par la France englobe à peu près le territoire actuel des Pays-Bas. Louis Bonaparte sera roi de Hollande de 1806 à 1810.

« Si le Premier consul savait la vie que nous menons, il s'installerait ici », avance Vuillemette.

Vuillemette a un espoir, elle ira voir le vieux Joseph, le plus ancien des contremaîtres de feu maître Hennessy. Joseph et Rateau furent de la première heure. Le contremaître sauvera la situation, espère-t-elle. Elle ne se trompe pas, il a écouté et a bien saisi la question ; il plaidera la cause des Rateau, il l'a promis.

Le surlendemain, Joseph s'empresse de venir rassurer ses protégés. En mémoire du défunt, Nicolas Rateau pourra rester dans son échoppe. Il ne distillera plus, puisqu'il restera ici, il sera le gardien de l'entrepôt et il sera chargé de préparer et de clisser les dames-jeannes, cependant il ne participera pas à leur chargement, il est trop frêle. Par contre, son salaire sera réduit à vingt francs par mois en plus du vin, du feu et de la chandelle, toujours est-il qu'il reste dans l'échoppe.

Le manque à gagner est important. Vuillemette qui est sans condition pourrait travailler chez les Hennessy ; elle coud, elle cuisine, elle est adroite en toute chose. Joseph assure qu'il transmettra cette proposition. Décidément, il est bon d'avoir des amis.

Par contre pour le petit Jean, c'est différent. S'il veut terminer son apprentissage pour être distillateur, il devra aller à Cognac. Malheureusement, il n'y a plus de place pour lui à Bordeaux.

Jean Rateau est triste. Quitter ses parents n'est pas le pire de ses déchirements. Pierre, Guillaume et Saturnin lui manqueront davantage, même le petit Louis qui a douze ans maintenant.

Il n'échappe pas à Vuillemette que son fils a changé de préoccupations, il a grandi. Elle a bien remarqué que son petit, sans raison, ne se peigne plus seulement les décadis, parfois un autre jour, ce peut être un primidi, un sextidi[32], qu'importe. Il devient coquet. Désormais, il se débarbouille le visage tous les matins et prend soin comme jamais de sa belle chemise.

Jean doit partir à Cognac au moment où justement toutes les dames de Bordeaux, selon les allégations de Guillaume, allaient tomber à ses genoux simplement parce qu'il aurait été là au bon moment. Eh bien, il ne sera pas là au bon moment. C'est souvent comme ça, quand une affaire se présente

---

[32] Jours du calendrier révolutionnaire, ici le sixième. La semaine de sept jours est abandonnée au profit de la décade qui compte dix jours. Cette réforme se veut conforme au système métrique.

bien, un événement malencontreux intervient pour en contrarier le projet. Malchance !

Chapitre 7

Décembre 1800 - Jean a 16 ans
Vuillemette devient servante

Maître Jacques Hennessy n'a pas besoin d'une fille de cuisine supplémentaire or, son épouse a appris que le nouveau commandant militaire de la Gironde, n'a pas encore fait sa maison. Vuillemette doit se présenter à la résidence militaire dès le lendemain.

Ce n'est pas chose facile pour Vuillemette qui n'a jamais servi. Chez ses parents qui étaient métayers, elle s'occupait de la basse-cour dont elle aime à conserver l'habitude, elle aidait à la moisson et aux champs. À la distillerie elle n'a cessé de soulager son mari chaque fois que nécessaire, elle tient bien sa maison et elle ne manque pas de cœur à l'ouvrage.

Convaincue de toutes ses qualités, elle met un peu d'ordre à sa coiffure, saisit le châle des grandes sorties et se rend en ville à la résidence du commandant militaire.

D'habitude, elle avance en bousculant tout ce qui pourrait la gêner, aujourd'hui, sa démarche n'est pas décidée, elle prend soin de bien éviter les nids-de-poule et, comme il convient de rester propre, elle occupe le haut du pavé, tout au moins tant qu'elle n'a pas à croiser des personnes de qualité.

Plusieurs rues plus loin, deux sentinelles accoudées à leur fusil devisent à l'entrée d'un portail. C'est bien ici. Vuillemette leur explique ce qui l'amène :

« Mortimer, …, Mortimer, … Mortimer…, ah, enfin ! Accompagne tout de suite madame chez la générale, elle est attendue ». S'énerve l'un des gardes à l'endroit d'un troisième qui était assoupi sur une chaise à l'abri dans l'une des deux loges d'entrée. Puis il poursuit : « Non, pas par-là, par l'autre escalier, enfin, depuis le temps ! »

Arrivé au premier étage le garde saisit le marteau de la porte pour annoncer son arrivée.

Un court instant, un cliquetis, aussitôt la porte s'ouvre sur un dégagement intérieur qui étonne par sa simplicité. Le garde salue mollement puis redescend. Une personne, assez jeune, vêtue simplement, vraisemblablement la femme de chambre de la générale fait entrer Vuillemette dans un vestibule chichement meublé ; on est manifestement dans les communs :

« Je dois vous préciser que j'ai besoin d'une servante à la journée. Vous ne serez pas logée, vous commencez le matin et vous rentrez juste avant le souper[33]. Vers midi, vous partagez le dîner[34] à la cuisine avec ma lingère, ma cuisinière, qui fait office de maître d'hôtel, en attendant qu'il m'en vienne un, se joindront aussi deux ou trois soldats selon leur service, ce sont souvent les mêmes. Quant à moi, quand il n'y a pas d'invités, pour les ordinaires, je dîne et soupe à la table du général. Enfin, vos gages seront d'une livre[35] par jour. Cela vous convient-il ? Je vais vous présenter à la générale, madame Denise Malet. Vous ne parlerez que si elle vous pose des questions. Vous, vous n'en poserez pas. Moins vous en direz, mieux ça vaudra. En parlant de la générale ou en vous adressant à elle,

---

[33] Repas du soir.
[34] Repas de midi.
[35] Un franc germinal ou le tiers d'un écu d'argent.

vous direz « Madame », de même vous appellerez le général, « Monsieur » et son fils « Monsieur Aristide ». En leur présence on ne se gratte pas le nez, ni les oreilles ni la tête, on ne met pas les mains dans les poches, le mieux est de les mettre devant, comme ça, c'est très bien et l'on se tient jambes droites et jamais écartées. Suis-je claire ? »

Vuillemette est rouge de honte. Comment peut-on lui parler ainsi ? Lui faudra-t-il en endurer davantage ? Elle a envie de fuir, de claquer la porte quand une femme d'une trentaine d'années, élégante, tenant un enfant par la main, s'approche avec douceur de Vuillemette :

« Soyez la bienvenue, madame, vous êtes Vuillemette Rateau, n'est-ce pas ? Ma chère amie, madame Hennessy ne m'a fait que des éloges de vous. Ici, on vous appellera par votre prénom. Pour ce que vous a dit ma femme de chambre, mademoiselle Léandre, je sais, elle est parfois surprenante, ne vous en offusquez pas, en vérité elle a le cœur sur la main.

- Oui, madame.

- Aristide, mon chéri, veuillez dire bonjour à Vuillemette.

- Bonjour Vuillemette.

- Bonjour monsieur Aristide.

- Bien, mon garçon. Vuillemette, vous vous y ferez, vous verrez, mademoiselle Léandre va vous présenter aux domestiques, puis elle vous fera visiter l'appartement et ses dépendances. C'est un peu militaire, ici, tambours et sonneries, on s'y habitue. Ensuite, elle vous confiera un travail et je ne doute pas que vous vous plaisiez parmi nous. À plus tard, Vuillemette, si vous le voulez bien ».

Les domestiques l'accueillent avec indifférence, sans curiosité aucune. Vuillemette ne manque pas de remarquer que la cuisinière, ronde comme une cocotte en fonte, fait celle qui, ostensiblement, n'entend rien aux propos de mademoiselle Léandre.

L'appartement est spacieux, le mobilier y est confortable, sans aucun doute luxueux pour Vuillemette. Au cours de la visite mademoiselle Léandre s'arrête de temps à autre, ici pour commenter un paysage de Dôle, là un médaillon d'enfant, celui de monsieur Aristide, âgé de deux ans, plus loin, les portraits du capitaine de Malet[36], chevalier dans l'ordre de Saint-Louis, le père du général, et de la générale, avant son mariage :

« Denise de Balay, elle avait dix-sept ans. Ne trouvez-vous pas que madame était déjà adorable ? Je comprends que le général l'ait arrachée in extremis du couvent au moment où elle allait prononcer ses vœux[37]. N'est-ce pas incroyable ? C'est romanesque, tout simplement romanesque. On l'écrirait, on ne le croirait pas. Cette histoire m'émeut au plus haut point.

- Ce n'est pas comme moi, moi c'est à une fille que je l'ai arraché, mon Nicolas ».

Puis, nettoyage de l'argenterie. Ça noircit sous les ongles, un bon savon à l'eau du broc, on repart, mains blanches. La journée n'est pas rude. Vuillemette reviendra le lendemain pour essanger le linge.

Travailler dans la maison d'un général, finalement, c'est prestigieux. Tout le monde n'en a pas la capacité.

---

[36] La famille Malet, originaire de Dôle, appartient à la petite noblesse. Claude-François Malet a renoncé à la particule en épousant les idéaux révolutionnaires.
[37] Le fait est historique.

Chapitre 8

17 ans - avril 1801
Danse au Bec d'Ambès
Malet est en poste à Bordeaux

Pour l'heure, à sa mère, Jean fait part de sa tristesse, aller si loin, tout de même. Il voudrait réunir ses amis avant son départ. Une fois n'est pas coutume, Vuillemette est émue. Jean lui prodigue des marques d'affection, ce n'est pas fréquent, la voix aiguë de Vuillemette mue et se dissout. C'est certain, elle lui préparera des talmouses[38], la pâtisserie préférée de ce fils unique.

Le jour venu, on s'est installé au Bec d'Ambès, au confluent de la Gironde et de la Garonne. Tous les artisans et les apprentis qui travaillent chez Hennessy sont là. La plupart partiront à Cognac. Très nombreux sont les gens du quartier à s'être invités. Les uns sont venus avec des bouteilles de vin, limonades et eau, toutes extraites des

---

[38] Pièce de pâtisserie faite avec du fromage, des œufs et du beurre.

puits d'où elles sortent fraîches. D'autres ont apporté des pâtisseries, des macarons et des bonbons, d'autres encore des salades, diverses salaisons et des lamproies mijotées à la mode[39]. Vuillemette qui a ressorti le foulard qu'elle n'avait pas porté depuis des lustres, veille à tout. Nicolas porte son pantalon[40] habituel et sa vieille carmagnole[41] qui laisse entrevoir enfermée dans les bretelles une chemise d'un blanc éclatant. Il parle avec les anciens ceux qui ont connu les Chartrons de son enfance, à l'époque où il n'y avait guère que quelques maisons, beaucoup de jardins et des poches marécageuses.

Ils sont tous venus, bien mis dans leurs beaux habits, ces vêtements de fête qui sont neufs depuis des années, gardés soigneusement toute une vie. Même Saturnin et son frère, Petit-Louis, sont peignés. Qu'il est élégant, Pierre, dans la chemise qu'il a empruntée. Guillaume a forcé le trait, de lui, il ne peut en être autrement, il s'est mis en culotte, une culotte de peau qu'il tient de son père, elle date du temps d'avant ; il ressemblerait à ces messieurs des gravures ou de la ville s'il n'avait gardé ses souliers racornis et des bas de laine.

---

[39] Mets bordelais, toujours d'actualité. La lamproie est un poisson long et cylindrique qui remonte les rivières au printemps.

[40] Espèce de culotte longue.

[41] C'est aussi une veste, en vogue sous la révolution.

Pierre réunit autour de lui les amis de l'école. Le moment devient solennel. Il monte sur un feuillet, ce tonneau de bonne taille qui lui permet d'être vu et entendu. Il prend la parole pour saluer Jean Rateau à l'occasion de ce départ à Cognac. Ce n'est pas facile de parler devant tant de monde. La voix qui chevrote tente en vain d'étouffer à la fois la timidité et l'émotion. Saturnin qui a travaillé le texte avec Pierre supplée l'orateur pour lui accorder un répit. Les gens aident ; on souffle les mots, on sourit et l'on rit, puis on applaudit. Vive l'amitié !

De nouveaux orateurs viennent adressant leurs discours à d'autres distillateurs qui partent eux aussi à Cognac. Le contremaître Joseph a invité quelques artisans, musiciens à leurs heures, qui, occasionnellement, jouaient et chantaient à la distillerie à l'époque de feu maître Hennessy.

On peut danser maintenant. Les filles sont encore plus belles qu'à l'accoutumée. Le teint est frais comme le bord de mer. Les yeux se rient des frissons imaginaires du mascaret[42], ce n'est pas la période des grandes marées, l'heure est à la frivolité. On évite le regard des garçons qui ne font pas encore l'objet des conversations. Les lèvres chuchotent, on parle de tout sauf de l'essentiel. On reste groupées, entre amies, jeunes-filles dépositaires de toutes les confidences. On feint d'ignorer les gar-

---

[42] Phénomène à fleur d'eau provoqué par certaines marées dans les estuaires.

çons, mais cette résolution fait long feu. En cette saison, les robes sont légères. La brise s'en inspire. Un châle resserrant la taille ou porté sur les épaules, les bras dégagés, un turban ou un ruban de couleur pour tenir les cheveux, une fleur piquée pour accrocher les cœurs, tous ces atours ne manquent pas d'inspirer les jeunes gens. Le temps de la carmagnole, de la boulangère et de la galopade est arrivé : musique !

Pour Pierre, Saturnin et Jean qui battent le rythme des pieds, il n'est pas facile de s'enhardir.

L'on voit bientôt à la vitesse de la vielle à roue, les pas chassés et les pas de basque s'enchaîner, les robes et châles, gonflés par les rondes, dégager la naissance d'une gorge prometteuse. La flûte accompagne la vielle, aux cœurs des danseurs résonnent l'élégance et le charme, sourires enjoués de la jeunesse, fluidité des touchers, cœurs battant au tambourin.

Une voiture s'approche, tirée par un cheval alezan dont la crinière flotte au petit galop, belle allure. C'est celle de maître Jacques Hennessy. Il en descend. Chapeau brandi, salue l'assemblée puis hèle deux ouvriers pour qu'ils déchargent une dame-jeanne d'eau-de-vie et prennent en charge cheval et voiture. Des applaudissements fournis accueillent la marchandise. La mère d'un des apprentis apporte un verre de vin à l'hôte de marque. La musique reprend, la femme est invitée par maître

Hennessy lui-même, à intégrer le groupe des danseurs. Personne ne le connaissait sous ce jour. Il s'inscrit désormais dans la lignée de feu son père. Que la fête continue !

Jean danse aussi longtemps que les musiciens jouent. Un pas ici, un autre là, on virevolte, on passe sous la voûte des bras, on se replace, on recommence. Ce n'est pas la première fois qu'il danse, Jean ne danse pas à la cavalière, il s'en sort bien. Cette fois, maintenant qu'il a dix-sept ans, une jeune fille l'accompagne. Elle est venue au Bec d'Ambès avec des amies. Ils se rencontrent pour la première fois. Elle s'appelle Amédine. Elle est plutôt gracieuse. Dans le mouvement, son bonnet de coton tombe souvent libérant ses boucles châtain. Sa façon de tourner sur elle-même plaît à Jean, c'est joliment fait. Elle est souriante et il se pourrait que Jean lui plaise, il est devenu un jeune homme solide, à moins qu'elle ne soit simplement que dans la joie de cette fête. Comment savoir ? Selon Guillaume, les femmes sont mystérieuses, il ne faut pas s'en inquiéter, c'est comme ça. Celle-ci ne parle pas beaucoup, Jean préfère qu'il en soit ainsi, car il n'a pas à dire grand-chose non plus. Elle plisse les yeux, sourit et c'est peut-être sa manière d'être loquace. Les paumes de la main trahissent la tension des jeunes danseurs. La musique résonne, on tourne et l'on se trouve dos à dos, puis face à face. Le temps de la musique est aux jeunes gens. Allegro !

54

Chapitre 9

1801 - 17 ans
Arrivée de Jean à la distillerie de Cognac
Malet est à Bordeaux

Dès son arrivée à la maison Hennessy, Jean est orienté dans un bâtiment attenant à la distillerie. Là, dans une vaste salle destinée au logement des apprentis, un lit en fonte est mis à sa disposition. Pour le rangement de ses menus effets, il partage une armoire située entre deux lits avec son voisin le plus proche. Un poêle de fonte avec un peu de bois qu'on y met permet d'échauffer la chambrée les jours de grand froid. Cela procure des cendres pour enfumer les punaises qui pourraient nicher sur les matelas.

Il partage son armoire avec un certain Narcisse. À voir ce garçon, on se rend vite à l'évidence, il n'est pas de Bordeaux, il vient de la campagne. Narcisse est vêtu d'un simple droguet[43] ; ce tissu de laine et de fil lui sied bien, ça le rend bon gars, ce

---

[43] Tissu rustique le plus souvent de couleur brune.

qu'il doit être. Jean ne connaît pas son pays, La Roche-Tardoire[44], un bourg qui n'a que l'intérêt d'avoir récemment changé de nom. Il n'aime pas Cognac non plus, il reproche à cette petite ville de l'éloigner de ses amis, d'Amédine, de ses parents, des Chartrons, des tendres talmouses.

Cependant, Jean se doit de faire l'apprentissage d'un métier auquel son père l'a naturellement préparé, distillateur de père en fils. À Cognac, son salaire est passé à deux francs et demi par décade. Sans être bien large, c'est la paye la plus grosse pour un apprenti, il est vrai qu'il est des plus anciens ; en plus il est logé, nourri et on ne lui rogne pas pour autant son écuelle : potages, fricassées de poules ou de lapins, alternant avec harengs ou morues, agrémentent les pauses du dîner et du souper ; parfois même, le décadi, des rôts laissent ces jeunes gens sur la bonne bouche.

Jean commence à distiller. Il le fait avec succès et prochainement il sera distillateur. On dit qu'à Cognac plus qu'ailleurs, le métier est recherché. C'est sur ce dernier point qu'il insiste dans le courrier qu'il adresse à ses parents une fois par mois, cela les rassure, pense-t-il. Ses lettres sont écrites pour que son père puisse les comprendre, elles sont brèves : Nicolas Rateau apprécie de n'avoir à ne lire que l'essentiel.

---

[44] Nom donné sous la révolution à la commune de La Rochefoucauld.

Tous les jours la distillerie Hennessy expédie à Bordeaux ses eaux-de-vie. C'est une occasion bien pratique pour Jean de correspondre à bon compte avec ses parents, amis et avec sa petite Amédine. Vuillemette qui se charge de transmettre à l'un le courrier de l'autre confectionne parfois une talmouse qui n'arrive à Cognac qu'en piteux état.

Les lettres d'Amédine sont, elles aussi, très courtes : « Mon Bien aimé, toujours je pense à toi, Amédine ». Une lecture pour troubler Jean qui souffre d'éloignement. Comme les pensées sont légères ! Le soir quand tout est calme, elles s'évadent jusqu'à Bordeaux. Là-bas, il devine dans sa maisonnette, une jeune fille de son âge, aux joues rondes, jouer avec tristesse des boucles châtain qu'elle tortille de ses doigts pour s'envoler jusqu'à Cognac. « … toujours je pense à toi… » Tout est dit. Cet aveu suffit à réunir les deux jeunes gens, le soir comme la brise après le crépuscule, une pensée secrètement partagée vient frapper à leurs cœurs. Chaque soir, ce refrain pour les tourmenter. Chaque soir, l'absence. Mélodie douce-amère. Mélancolie.

À ses nouveaux voisins de chambrée qui découvrent sa correspondance, Jean s'explique volontiers, avec mesure d'abord. Narcisse et il n'est pas le seul, fait état d'une expérience beaucoup plus variée. Alors, les soirs passant, Jean aborde ce sujet avec plus de facondes. Comme il se remémore les aventures de Guillaume, elles finissent par devenir siennes, maintenant qu'il est fondé à parler sur ce sujet, il entend impressionner la chambrée tout entière : d'ailleurs, il était temps pour lui de quitter Bordeaux, les maris entraient en suspicion.

À l'égal de son ami Guillaume, c'est à son tour de faire l'objet d'un grand prestige. Ici, il est loin de Guillaume, Pierre, Saturnin et Petit-Louis. Sur les sentiments, il n'invente rien, sans doute exagère-t-il seulement : le tourment qui ravage les cœurs, les insomnies qui échauffent le sang, la séparation qui dévaste les âmes. Tout ceci impressionne, effraie même, toujours le public de Cognac en veut connaître davantage. Bien qu'il ait une bonne mémoire, les récits de Guillaume ne lui permettent pas de répondre à tout :

« On veut des détails croustilleux », exige l'un des apprentis.

La partie est délicate.

Chapitre 10

1806 – Jean a 22 ans
Conscription
Malet qui ne cache pas ses convictions républicaines est
mis à la retraite
Il quitte Rome où il était gouverneur

La distillerie ne loge que les apprentis. Devenu distillateur Jean loue une chambre chez l'habitant à Cognac. Âgé de vingt-deux ans, il a changé, il est robuste.

Il continue de se rendre occasionnellement à Bordeaux. Aujourd'hui, c'est pour une bonne raison, il est inscrit au tableau des conscrits de l'an 1806. Il doit se présenter devant le Conseil de recrutement des armées.

Ses amis sont partis. Guillaume a rejoint son père, qui avait pu fuir en Espagne grâce à l'aide d'un royaliste l'abbé Lafon, diacre du diocèse de Bordeaux. Pierre est dans l'infanterie de ligne, avec son régiment il est parti rejoindre l'armée du Rhin. Saturnin est matelot, Jean ne voit plus guère que

Petit-Louis qui, ayant bien grandi, est maintenant apprenti charpentier chez un armateur et joue toujours au passe-dix. C'est le petit Louis qui ne mérite plus son surnom, qui apprend à Jean l'histoire du père de Guillaume : il avait combattu aux côtés des insurgés royalistes et servi dans l'armée de La Rochejaquelein. Blessé à la jambe au cours de la bataille d'Entrammes[45], il avait dû rentrer chez lui puis fuir à Orléans chez un parent. Sa blessure lui avait sauvé la vie, il avait pu échapper aux massacres ultérieurs. Amédine a épousé un militaire dont le régiment est établi à Bordeaux. Volontaire en 1791, ce soldat avait été élu sergent. Depuis lors, après s'être distingué sur de nombreux champs de bataille, il a été nommé adjudant sous-officier et, dit-on, c'est un homme d'autorité : il instruit les jeunes recrues. Les relations de Jean avec Amédine ne sont plus qu'un souvenir de jeunesse. Jean n'en parle plus.

L'époque de sa jeunesse s'est éloignée. À chaque retour à la maison, le cœur de Jean est serré. La tendresse qui est prodiguée au « petit » quand il revient, plutôt que de cautériser des plaies, en réveille d'autres. Il se laisse faire et se tait. Il n'évoque jamais le basculement du temps, il voudrait tellement que rien n'ait bougé. Depuis peu, en travers de la hotte de la cheminée, il y a un fusil qui

---

[45] Commune proche de Laval où, le 26 octobre 1793, l'armée catholique et royale conduite par Henri de La Rochejaquelein gagna une bataille sur l'armée républicaine.

ne semble pas avoir beaucoup servi. Pataud, n'est pas un adepte de la chasse. Dans l'âtre, la soupe de la veille mijote toujours. Des odeurs de chou, de saindoux, se mélangent aux saveurs de caramel que répandent les confitures préparées pour l'hiver, au goût de la talmouse qu'il devine, tout ceci flotte dans la maison comme de toute éternité. Pourtant, des parfums manquent, ce sont ceux du moût de raisin porté à ébullition par la distillerie qui n'est plus. À cause de cela dans l'échoppe les arômes ne sont plus comme autrefois, Jean éprouve le temps : les parents qui se voûtent, les gestes économes, les pantalons trop rapiécés et la voix de Vuillemette qui ne se perche plus aussi haut. Et Pataud…

Nicolas, regarde autour de lui puis, de la manière dont il appelle son fils, Jean comprend qu'il se passe quelque chose. En effet, comme s'il s'agissait d'un rituel quasi religieux, c'est avec lenteur, dévotion presque, que Nicolas démonte la tablette de la cheminée. Il en extrait une cassette qu'il offre aux mains de son fils

« Ouvre-la.

- C'est énorme !

Il ne tient peut-être pas dans ses mains un trésor. Pourtant, jamais Jean n'avait vu autant d'argent à la fois. Uniquement de grosses pièces, aucune de cuivre ni de bronze, assurément rien que de la bonne monnaie en bel argent. Intrigué, il les regarde et soupèse à la manière d'un joueur qui les fait tinter pour en jauger la valeur :

« Des francs, des écus de Louis XV, de Louis XVI et même quelques réaux[46], et celle-là, Napoléon Bonaparte 1er consul et celle-ci encore : l'empereur !

- Jean, tu es sur la liste de la conscription. Je te rappelle que c'est demain en début d'après-midi. Tu seras appelé à partir très vite. Voilà, comme ça tu sais tout. Il y en a pour un peu plus de cinq cents écus.

- Quinze cents francs !

- Si tu veux, je ne m'y fais toujours pas à cette monnaie.

- Puisque je partirai à l'armée, il faut acheter une échoppe pour vous deux, avec un terrain pour les poules de Vuillemette. Ne t'inquiète pas, on y parviendra.

- C'est en 1786 que tante Faustine est morte. Tu avais deux ans, tu ne t'en souviens pas. J'ai hérité de son armoire, c'est celle-là, de son lit et de trois chaises, je les ai revendus, il y avait aussi six assiettes et cinq cuillers en étain et un pécule. À la mort de Faustine, j'avais acheté le terrain de là-bas

---

[46] Pièce de monnaie qui a alors cours en Espagne : un réal, des réaux.

qui fait trois sétérées[47] et demie. On devrait le revendre un peu plus de sept cents écus et avec ce que tu tiens…

- Oui, c'est envisageable. Ça ferait deux mille deux cents francs.

- Ah ! Arrête de me picoter avec tes francs.

- Il faut éviter l'achat d'un galetas, Vuillemette ne pourrait y élever ses poules. Je pourrai emprunter, je suis jeune, je suis distillateur, il y a bien quelqu'un de la ville qui me prêtera de l'argent avec intérêt. Je crois que ça serait la bonne solution. Il faut en parler au notaire.

- Et si tu pars à l'armée, crois-tu qu'on te prêtera le moindre denier ?

- Non, bien sûr ».

---

[47] Ancienne unité de surface.

Chapitre 11

1806 – Jean a 22 ans
Commission de conscription
Malet réside à Paris

À croire que tous les jeunes hommes de Bordeaux sont regroupés devant l'une des entrées latérales de la préfecture. Ce sont des conscrits, certains sont bien peignés. Ils attendent. Ils ne savent que faire ni à qui parler. Néanmoins, quelques groupes finissent par se former. Les conscrits parlent en l'air pour occuper le temps, pour ne rien dire, pour ne pas perdre contenance, car l'heure n'est pas à la réjouissance : adieu fiancée, adieu famille, adieu souvenirs et la guerre, ne pas en revenir ! Les plus angoissés ne parviennent pas à s'agréger à un groupe, ils dessinent des ronds du bout de leurs souliers pour les uns, de leurs sabots pour les autres. Ils offrent un curieux mélange de passivité et de nervosité. Rien ne les distrait hormis ceux des leurs qui sortent de la salle, formalités de la conscription achevées. Peut-on lire sur les visages le résultat du tirage ? Rares sont ceux qui affichent un visage serein, presque tous sont désappointés.

Ceux-là sortent en entonnant un air mélodieux propre à braver les larmes, Jean, comme les autres, n'en est que plus affligé, il n'en retient que le refrain :

« Le préfet et le maire
M'ont fait tirer au sort
Envoyant sans remord
Le conscrit à la guerre
Ô ma belle, pleurons,
Me faut quitter Bordeaux
Havresac sur le dos
Y partons au clairon ».

À chaque sortie de conscrits, les gardes nationaux de faction poussent un nouveau groupe à l'intérieur du bâtiment ; le nombre de ceux qui attendent diminue.

Arrive enfin le moment d'entrer. Le groupe de Jean est pris en charge par des gardes plutôt complaisants. La salle est vaste. Au fond sous le buste de l'empereur, posé sur une colonne de marbre, siègent, faisant face aux conscrits, des messieurs aux visages de glace. À n'en point douter, ce sont des gens d'importance. Ils portent beau leurs uniformes ou tenues. De là où ils sont, ils dominent tout l'espace, leur bureau installé sur une estrade, leur confère encore plus de hauteur. Un garde, répondant à ses interrogations, apprend à Jean qu'au centre siège le préfet, monsieur Jean Fauchet entre le maire, monsieur Laurent Lafaurie de Monbadon et un superbe général à l'habit bleu brodé d'or et un colonel dont il ne connaît pas leurs noms parce qu'ils sont arrivés à Bordeaux depuis peu ; à côté du maire est assis un de ses adjoints, monsieur Portal, c'est lui qui a présidé à l'établissement de la liste des conscrits choisis parmi les jeunes gens de vingt à vingt-cinq ans, célibataires et sans enfants. Jean hoche la tête en signe d'assentiment ce qui enorgueillit ce soldat qui a su nommer la proximité qu'il avait avec le pouvoir.

Beaucoup d'autres personnes, le plus souvent en uniforme, sont employées à diverses tâches.

En premier lieu, des secrétaires vérifient le nom sur leur liste.

Arborant sur la manche de son uniforme des chevrons d'ancienneté et tapotant de sa canne la paume de la main gauche, un adjudant sous-officier[48], c'est ainsi qu'il se présente, s'approche pour guider les appelés. Il se pourrait que ce soit lui, le mari d'Amédine, du métier, peu loquace, directif :

« Déchaussez-vous et dirigez-vous à droite. Vers la droite, j'ai dit. Mais vous ne comprenez pas ! Ça veut dire : par ici ».

---

[48] À ne pas confondre avec le grade d'adjudant-commandant qui était porté par un officier hiérarchiquement situé entre les grades de colonel et de général de brigade.

Suit le passage, pieds nus, devant les officiers de santé. Un aide-chirurgien, goguenard, se piquant de se mettre sur le pied de bel esprit, répète à nombre de conscrits :

« Tu pourris par le bas, mon gars ».

La toise est déterminante, les plus petits sont tout de suite réformés, peu aptes à soutenir les fatigues de la guerre. Les édentés et ceux qui ont perdu des doigts aussi, ils ne pourraient pas déchirer les cartouches, de même les estropiés et tous ceux qui sont victimes de difformités ou de maladies de la peau. Tous ceux-là sont dispensés de se présenter devant le Conseil de recrutement. C'est ainsi que celui qui le précède, Jean ne le connaît pas, est déclaré inapte pour cause d'écrouelles ulcérées.

Le chirurgien major examine enfin Jean. Il apprécie d'un rapide coup d'œil l'allure générale, jauge les pieds, les mains, les dents et la bouche qu'il renifle, examine la tête, les cheveux, passe la main sous la chemise pour palper le ventre, le fait avancer, reculer, s'accroupir, sauter, tenir les bras à l'horizontale puis à la verticale, porter un poids. Il est peu bavard, puis dicte à deux secrétaires sa conclusion :

« Jean Rateau, t, e, a, u, né à Bordeaux le 12 mars 1784, âgé de vingt-deux ans, cheveux et sourcils bruns, front couvert, yeux roux, nez droit, menton à fossette, visage ovale, 1 mètre 64 : service de l'infanterie ».

Tous les conscrits de bonne constitution sont capables de servir. Ce jour-là, l'examen définitif des conscrits déclarés aptes suit dans la foulée. Ils n'auront pas à revenir, le Conseil étant présent.

Tandis que ceux qui sont déclarés inaptes sont dirigés vers la sortie, lui s'avance en direction du bureau central où siègent, préfet, maire, général ainsi que leurs conseillers. Le général lui adresse de quoi l'intimider davantage :

« Un garçon aussi fort, ça fera un bon soldat. Bravo. Vas-y, tire donc un numéro ».

Un secrétaire, sur le petit bureau situé en contrebas avant l'estrade, invite Jean à tirer un numéro de l'urne, en lui recommandant de ne saisir qu'un seul billet.

Tout un destin se joue à ce moment-là. L'officier de santé n'est plus ici pour mesurer les pulsations du cœur. Elles sont si rapides que Jean croit bien qu'elles lui vaudraient d'être déclaré « inapte », mais c'est trop tard. Son avenir sur un bout de papier, c'est étrange tout de même. Il lui revient cette phrase chantée par des conscrits déclarés aptes :

« Envoyant sans remord

Le conscrit à la guerre »

et il n'a pas le choix. Sa main entre dans l'urne, saisit un papier, le relâche, en prend un autre s'en défait.

« Plus vite mon garçon », s'impatiente le maire.

C'est avec un troisième billet que la main ressort de l'urne. Il porte le numéro 812. Le secrétaire vérifie, puis à haute voix :

« Numéro, 812. Sursis ».

Reprenant à son compte cette information, le préfet dicte à ses secrétaires la déclaration suivante :

« Le sieur Jean-Auguste Rateau, né à Bordeaux le 12 mars 1784, domicilié à l'ancienne distillerie Hennessy de Bordeaux, quartier des Chartrons, chez Nicolas et Vuillemette Rateau, ses parents, distillateur à Cognac chez Jacques Hennessy, reconnu apte par le Conseil est déclaré par suite du tirage au sort en sursis au regard du service des armes. Au suivant ».

- Un instant, si vous le permettez. Jeune homme, êtes-vous le fils de Vuillemette Rateau ? Reprend le général.

- Oui, mon général.

-Eh bien, j'aurai le plaisir de lui dire qu'elle a non seulement un beau garçon, bien solide, mais qu'elle a aussi un garçon bien chanceux. Vous pouvez disposer, jeune homme.

Le rythme cardiaque s'est tranquillisé. D'un signe de tête, Jean salue le Conseil. Puis il est dirigé vers un dernier bureau où il est invité à ratifier son sursis, enfin il récupère ses chaussures. Il est content, il va pouvoir contracter un emprunt, il lui tarde d'annoncer la bonne nouvelle à ses parents. Acquérir une échoppe devient un projet accessible. Il va pouvoir collecter la somme manquante. Il savoure ce répit. Tout est redevenu léger. Il prend le temps de lacer ses gros souliers devenus ailés comme les sandales d'un dieu de l'Antiquité dont il n'a jamais retenu le nom. C'est certain le retour va être rapide.

72

Chapitre 12

Novembre 1806 – Jean a 22 ans
Transaction
À Paris Malet côtoie des opposants républicains

À peine Jean sort-il de ce lieu, à peine a-t-il mis un peu d'ordre à sa coiffure, à peine a-t-il franchi la première marche, qu'une canne tapote son épaule l'invitant à se retourner. Juste derrière lui, l'adjudant de tout à l'heure. Jean blêmit, y aurait-il une erreur sur son compte ? Non, le sous-officier le tranquillise, tout est bien régulier c'est bien un bon numéro qu'il a tiré, Jean reprend quelques couleurs.

« Il y a là, jeune homme, des conscrits que les parents accompagnent. Un grand nombre d'entre eux a tiré un numéro trop faible et ceux-ci sont donc appelés à servir. Or, il se trouve qu'ils sont destinés à poursuivre les affaires de leurs pères, cinq années de service contrarient leurs projets. Les parents sont ici, prêts à négocier une convention avec un conscrit qui accepterait d'être le remplaçant de leur fils.

- Je comprends et ce d'autant mieux que moi aussi j'ai des projets.

- Très bien jeune homme. Bon début. Nous avons une relation commune, Louis, dit Petit-Louis. C'est cet ami qui a parlé de votre conscription à ma femme, Amédine. Il m'a été facile de vous repérer. Il m'a confié la mission de vous conseiller et surtout de vous mettre en garde sur les offres qui pourraient être insuffisantes.

-Amédine, Amédine… !

- Vous tenez une occasion de négocier votre remplacement contre une bonne somme d'argent.

- Combien ?

- Assez pour vous convaincre.

- Combien ?

- Plus que vous ne pensez.

- Combien ?

- Plusieurs milliers de francs.

- Trois mille francs ?

- Si vous jouez bien, peut-être même plus.

- Plus encore ?

- C'est loin d'être impossible ».

Bien entendu, les propos que son père lui a tenus la veille sont présents à son esprit. Négocier son service dans les armes constitue une occasion qui ne se représentera pas. Acheter à ses parents une échoppe et écarter définitivement la solution d'un galetas inconfortable l'incite à suivre les conseils du mari d'Amédine. Quelle aubaine !

Comprenant que Jean est séduit par sa proposition, le militaire poursuit :

« Par ailleurs, il y a fort à parier que si vous acceptiez d'être remplaçant, vous seriez appelé à rejoindre un régiment de l'armée du Rhin. En raison de votre taille, vous serez obligatoirement affecté dans un régiment d'infanterie de ligne. Je pourrais, peut-être, vous éviter cela et vous obtenir une affectation à Paris, vous échapperiez plus facilement aux combats, cependant rien n'est moins certain.

- L'affectation à Paris, combien ?

- Vous comprenez vite, jeune homme. Combien ? Je n'en sais rien, tout dépend de la somme nécessaire pour persuader les secrétaires de l'adjudant-commandant.

- À peu près ?

- Variable, tout dépend de leur discrétion. S'il n'y en a qu'un, ça peut se chiffrer à deux cents francs.

- Et s'il y en a deux ?

- Hum…, trois cents francs » reconnaît le militaire honteux de l'aveu où il a été conduit.

La conversation se poursuit, Jean admet que la proposition le tente, il consent à être aussitôt présenté au conscrit qu'il doit remplacer. Le mari d'Amédine lui fournit des renseignements sur l'honorabilité de la famille, celle qu'il a choisie pour lui et chemin faisant l'oriente vers deux attelages à l'arrêt. Trois hommes y attendent. Ils ne semblent pas surpris que l'adjudant les rejoigne accompagné d'un conscrit.

Arrivé devant les trois hommes, le mari d'Amédine leur adresse un salut militaire et leur présente Jean Rateau, un conscrit qui vient de tirer le numéro 812.

Le plus âgé des trois est un homme bien mis, col de fourrure, pan de redingote noire négligemment relevé sur l'épaule dégageant une veste d'un bleu sombre, culotte assortie, cravate de soie blanche serrée à l'épingle, bas de soie et souliers à boucle, main gantée posée sur une longue canne. Cet homme, qui ne manque pas de prestance, lui rappelle Jacques Hennessy dans sa manière d'être, ces gens des villes, qui lui renvoient une certaine image de l'ancien régime bien qu'à son âge il n'en ait aucun souvenir. Le plus jeune a l'âge de Jean : spencer d'un rouge flamboyant, gilet chamarré, culotte fauve, bottes, gants et tricorne à la main, une élégance désinvolte tranchant avec l'expression maussade du visage. Enfin le troisième, tout de noir vêtu cravate assortie, gants de jersey, ne peut être de la famille.

Le plus âgé, aimable, souriant, une manière rassurante pour mettre Jean à l'aise, fait un pas en sa direction, le visage à peine incliné avec une bienveillance protectrice : condescendance ? Peut-être pas. Affirmation de son ascendance ? Certainement :

« Bonjour, jeune homme, je suis le comte de Manerville et voici Paul, mon fils. Permettez que je vous présente aussi maître Callignan, notaire à Bordeaux, je lui ai demandé d'être des nôtres pour officialiser, si besoin était, l'accord dont nous sommes susceptibles de convenir. En effet, l'adjudant m'a dit que vous envisageriez de remplacer mon fils aux armées. Cette solution lui permettrait de s'initier aux tâches importantes auxquelles il est promis. Ai-je été clair ?

- Jean-Auguste Rateau, monsieur le comte, pour vous servir. Très clair. Notre ami l'adjudant s'est, semble-t-il, un peu avancé. En effet, j'ai à mettre à profit la chance que le sort m'a réservée pour concrétiser des projets dispendieux, certes qui demandent une vigilance constante, je veux dire que ma présence leur est indispensable. Dans ces conditions, je crains de ne pouvoir disposer à mon gré du temps que je dois à leur réalisation.

- Réfléchissez bien, je peux vous apporter un concours précieux et vous avez là une opportunité qui ne se représentera pas.

- J'entends bien, monsieur. Si la conscription de cette année a été importante, elle a néanmoins dispensé du service des armes quelques conscrits, je suis de ce tout petit nombre ; les candidats au remplacement sont moins nombreux qu'on ne le pense.

- Il me semblait, pourtant qu'une transaction de trois mille francs vous aurait très largement aidé.

- J'apprécie votre sollicitude. Hélas, monsieur, ce n'est pas seulement d'argent dont j'ai besoin, mais de temps aussi.

- Quel est votre prix, monsieur ? intervient maître Callignan.

- Une convention de six mille trois cents francs me permettrait de satisfaire à la fois la réalisation de mes projets et de pallier la longue absence qu'exige le service des armes. J'ajoute que les trois cents francs devront m'être impérativement versés sur le champ.

- Soyons sérieux, mes affaires ne me permettent pas d'aller au-delà de quatre mille francs. Reprend le comte de Manerville, qui pose avec énergie sa main sur le bras de son fils Paul, pour l'arrêter net alors qu'il s'apprêtait à parler.

- Cinq mille trois cents francs dont trois cents francs tout de suite et je remplace votre fils ».

Jean fait deux pas en arrière comme s'il allait prendre congé. Maître Callignan interroge du regard le comte de Manerville qui fronce le sourcil puis acquiesce. L'adjudant qui est demeuré aux côtés de Jean soupire, satisfait. Paul de Manerville rougit ; son regard s'appesantit sur Jean Rateau qui en éprouve de la gêne. Pendant que chacun marque un temps de pause, maître Callignan contourne Jean jusqu'à poser dans la main de l'adjudant une enveloppe aussitôt glissée dans une poche. Puis il revient à Jean et l'invite à monter dans sa voiture pour aller jusqu'à son étude. Le comte de Manerville intervient :

« Le plus simple, maître, est de signer cette affaire chez moi ». Puis se tournant vers Jean : « On peut y être tout de suite, mon hôtel est dans la rue du Chapeau Rouge ».

Ah ! Comme les choses vont ! Jean aimerait crier : « À moi les Chartrons ! », vendre sa liberté à un monsieur de la ville, celui qui s'était bien moqué des Chartrons. À son tour de dévisager l'élégant, l'adversaire du temps de son enfance. Il hésite et marque un moment d'arrêt. Alors, c'est Paul de Manerville qui s'approche de lui :

« Nous étions jeunes, n'est-ce pas ? C'est une vieille querelle qui n'a plus lieu d'être. Je vous ai reconnu. Vous vous êtes bravement battus, nous étions quatre, vous n'étiez que trois. Bah ! C'était une autre époque. Et le petit, il était amusant, est-ce votre frère ?

- Non, mais le frère d'un Chartrons est de la fratrie, vous savez.

- Bien sûr.

- Je me souviens : vous quatre. Le petit avait eu peur, cela vous avait amusés.

- Ce n'était pas bien difficile, c'était un gosse. Il a dû grandir n'est-ce pas ?

- Évidemment.

- J'y pense et sait-on jamais, dites-lui que s'il avait besoin d'un service, il peut prendre contact avec moi, il n'aura qu'à se présenter de votre part. Vous savez, je connais le Tout-Bordeaux ».

Cette idée qu'un Chartrons puisse avoir besoin de lui est tout à la fois sympathique et insupportable : la révolution n'a pas tout changé, Napoléon la confisque. Jean hésite et marque un temps d'arrêt, cependant la situation de ses parents effaçant tout ressentiment, il déclare :

« Je préfère que nous confirmions nos engagements chez le notaire. Maître, je vous suis ».

En montant dans son cabriolet, avant même de saisir les rênes, le notaire donne directement deux sachets contenant chacun cinquante écus d'argent à valoir sur les cinq mille trois cents francs, en gage de leur engagement. Se fiant au poids Jean ne vérifie pas les paquets. Il s'apprête à les passer aussitôt au mari d'Amédine pour lui rappeler son souhait d'être affecté à Paris, tout en montant dans la voiture de maître Callignan. La voiture qui s'ébranle est suivie de celle du comte de Manerville, tandis qu'un adjudant sous-officier retourne sur ses pas en direction du service de la conscription ayant glissé au remplaçant :

« Non, pas tout de suite, je passerai demain chez vous, mais pas ici, ce n'est pas prudent ».

Il restera à verser à Jean-Auguste Rateau deux mille francs tout de suite, deux mille francs dans deux ans, puis les mille francs restant dus au terme de son service, acte rédigé en trois exemplaires cosignés par devant maître Callignan, notaire à Bordeaux.

82

Chapitre 13

Mars 1807 – Jean a 23 ans
Il est affecté à Paris
Malet imagine un complot pour renverser l'empire

Madame a quitté Bordeaux avec son époux qui avait été nommé gouverneur militaire de plusieurs villes d'Italie, notamment de Rome. Depuis, Vuillemette ne fait plus que de temps à autre des remplacements chez le nouveau général, son successeur.

Soucieux de préserver les occupations de sa mère, Jean a acheté non loin des entrepôts Hennessy une maisonnette de plain-pied prolongée par un terrain tout en longueur : la basse-cour est sauvée.

Jean avait quitté Bordeaux ayant en poche une médaille de la Sainte Vierge offerte par Vuillemette et un baluchon utilement rempli. L'adjudant l'avait conseillé. À la caserne, il va falloir se faire adopter par la chambrée en ayant de quoi célébrer son arrivée. Les conscrits offrent du vin, c'est la coutume. Or, Jean-Auguste Rateau, lui, n'est pas homme à faire moins bien, avec deux bouteilles d'eau-de-vie de Cognac, il espère étonner.

Le jeune comte Paul de Manerville a donné cent francs en numéraire à son remplaçant afin de pourvoir à son équipement, la chose est au registre ainsi que la loi l'exige.

Jean est le seul bordelais à être affecté à Paris. Pour cette raison, il ne partira pas avec les autres conscrits réunis en convois sous la conduite de sous-officiers ou de gendarmes. Sa feuille de route lui impose des étapes, Angoulême, Poitiers, Tours, Orléans, puis Paris où il devra se présenter à son régiment dans douze jours au plus tard, plus que le temps nécessaire. Si d'aventure il devait être victime d'un aléa, c'est à l'unité militaire la plus proche qu'il devrait en rendre compte ou à défaut à une autorité civile.

Le voyage est éreintant. Il n'emprunte que peu souvent la malle-poste, trop onéreuse, ou la messagerie presque aussi chère. Le plus fréquemment c'est en diligence qu'il voyage. Aux étapes, il lui arrive de faire une partie de passe-dix, ou pendant le trajet de jouer aux cartes. Ce n'est pas très pratique, les jeux et les passagers sont bousculés par l'état des routes.

Les voies sont parfois accidentées, c'est ainsi que sa voiture croise un cabriolet versé sur le côté le long de la berme, évidemment le postillon et les passagers portent secours aux malheureux qui n'étaient parvenus qu'à dégager le cheval de l'embarras où il était. Par chance, les roues et les essieux ne sont pas cassés, le cabriolet peut reprendre sa route, capote déchirée battant au vent. Le cocher qui avait été éjecté au cours de l'accident s'était relevé sans grand dommage. Ce n'est pas le cas de sa passagère qui est coiffée d'un turban improvisé pour panser une plaie à la tête.

Parfois, assez rarement tout de même, il repart à pied pour ne pas avoir à tout dépenser. Il coupe un grand bâton à la manière des chemineaux et il y noue un ruban tricolore, afin que l'on sache bien qu'il est un conscrit. À l'aide de son couteau, il taille l'une des extrémités de ce compagnon de route pour la rendre pointue comme une lance : se défendre contre les attaques d'un chien d'un loup ou d'une vipère, peut-être même pour résister à des brigands. À l'occasion, en traversant un hameau, il y a quelqu'un pour l'inviter à se désaltérer, une jeune fille pour lui apporter du pain et un morceau de lard, des gamins pour l'accompagner un bout de chemin en sautant autour du futur soldat celui qui s'en va à la guerre et qu'on charge de mille pensées à transmettre à l'empereur.

Jean s'arrête peu dans les auberges. Ce lieu fut une mauvaise expérience qu'il voudrait ne pas avoir à renouveler. Les nuits n'y sont pas propices au repos : la même chambrée pouvant être occupée par plusieurs voyageurs. Il est alors difficile de se délasser. Bien qu'il se serve de son baluchon comme oreiller, il craint d'avoir à partager sa couche avec un voleur. Aux abords des villes, il préfère demander l'hospitalité dans une ferme. Il essuie peu de refus. Le mot « conscrit » est un véritable sésame. Le plus souvent, on le fait coucher à l'étable où il a chaud, on lui apporte un bouillon tout frissonnant ainsi qu'une bassine et une cruche d'eau pour ses ablutions. On ne lui demande que quelques sols comme dirait sa mère.

Le vin qu'on lui sert çà et là ne vaut pas celui de Bordeaux. Il est « rugueux », dirait son père qui ajouterait aussitôt : « ce n'est pas du vin d'ici », qu'importe, c'est du vin et ça donne du sang.

Chapitre 14

1807 – Jean a 23 ans
Il est soldat aux Minimes
Malet est interné à La Force.

Vuillemette installe sa basse-cour dans son nouveau domaine. Elle y est plus au large. Depuis quelque temps il y a « la Denise », la plus coquette, « la Léandre », la plus pointue, « la cuisinière », la plus dodue, etc. Bien entendu, elle appelle son coq, « le général » et le corbeau « Fouquet-Tinville ». Quant au renard, elle refuse de le nommer, elle ne voudrait pas que l'empereur en soit fâché.

Dans la journée, Nicolas Rateau surveille, registre à la main, les chargements des dames-jeannes. Hélas, l'activité a diminué. Le blocus continental décrété depuis quelques mois par l'empereur prive les eaux-de-vie de Cognac de son meilleur client : le Royaume-Uni de Grande-Bretagne et d'Irlande. Le commerce est donc moins florissant et les Bordelais sont mécontents.

Le soir, le vieux Rateau soliloque en faisant son tour du dépôt. Sermonne-t-il l'empereur ou pense-t-il à son fidèle Pataud ?

Depuis que Jean est devenu soldat, ses parents suivent de près le cours des événements. Jean leur manque, mais bon, ils se font une raison, il est grand. Grâce à l'adjudant qui a tenu ses engagements, il est incorporé dans la Garde communale de Paris. Cela les rassure. Au moins a-t-il échappé, à Iéna, à la guerre contre le roi de Prusse et, à Eylau, à la guerre qui s'en est suivie contre les russes. Selon le successeur du général Malet, le nouveau commandant militaire de Bordeaux affirme qu'après toutes ces victoires décisives, les conflits devraient cesser. Tant mieux ! Les propos d'un homme de l'art rassurent Vuillemette et son mari.

Le temps défile lentement. Le petit est loin, là-bas, dans la capitale. Il a dû rencontrer l'empereur et tous ces beaux messieurs, il leur racontera tout ceci à l'occasion de sa première permission. Vuillemette s'est renseignée une petite lettre lui coûterait cinq décimes. L'employé de la malle-poste lui explique que ça fait dix sous pour une simple lettre. C'est beaucoup, ça représente cent-vingt deniers tout de même. Avec tous ces nouveaux sous, tout est devenu bien plus cher qu'avant.

« Mon Cher fils, Selon le général de Bordeaux, les guerres devraient cesser et nous nous en réjouissons pour toi. Ta mère a encore plus de poules, elle dit que c'est pour toi, alors n'hésite pas à nous demander de l'argent, je me suis renseigné, on peut en expédier. J'ai érigé un mur de pierres assez haut pour protéger les poules du renard, mais il creuse un passage par en dessous. Je me demande si je ne devrais pas reprendre un chien. Pour le corbeau, il a fallu que je sois bien caché pour l'abattre. Depuis les autres corbeaux disparaissent dès qu'ils me voient. Je ne peux pas toujours être sur place alors Saturnin m'a aidé à réaliser un épouvantail avec mes vêtements, je le déplace tous les jours, les corbeaux s'en méfient. Fais attention à toi aussi, le métier de soldat est dangereux.

Saturnin a une promise, elle est bien douce et s'appelle Anicette. Il m'a chargé de te dire qu'il souhaiterait que tu sois le témoin de son mariage. Il se mariera l'année prochaine en mai 1808. Je ne fais pas plus long, car la lettre te coûterait plus de cinq décimes et c'est beaucoup. C'est avec émotion que ta mère et moi pensons à toi. Ton père Nicolas ».

Vuillemette plie soigneusement la feuille afin que Nicolas écrive sur la face extérieure l'adresse suivante :

« Soldat Jean-Auguste Rateau

Régiment d'infanterie de la Garde municipale de Paris

1er Bataillon 2e compagnie

Caserne de la rue des Minimes

Paris dans le département de la Seine »

« C'est bien comme ça, ça lui fera plaisir au petit » conclut Nicolas Rateau.

Pas un jour ne se passe sans que Vuillemette et Nicolas n'évoquent leur fils, ils guettent sa réponse. Chaque fois, ils s'impatientent craignant que le « petit » n'aille à la guerre. C'est presque un rituel maintenant. Le courrier n'arrive jamais quand on le voudrait jusqu'au jour où Vuillemette court chercher Nicolas, hélas sorti. Il faut attendre son retour, que c'est long !

Vuillemette déplie le précieux papier pour lequel la poste impériale lui a demandé un demi-Franc, c'est le tarif pour Paris-Bordeaux. Nicolas, s'assoit, pose le courrier sur la table, en approche deux bougeoirs, penche la tête et lit :

« Mon Cher Père, Ma Chère Mère, je vous prie de ne pas être en peine pour moi, je ne manque de rien. J'ai été bien accueilli. Mes camarades ont beaucoup apprécié l'eau-de-vie de Cognac. Il n'en reste plus. Je suis parmi des anciens qui ont du métier. On nous fait tirer et on nous entraîne à divers exercices. On nous donne quarante centimes par jour. J'ai reçu des guêtres noires, un habit blanc, avec parements, épaulettes et collet verts, un bonnet à poil. J'ai fière allure quand je monte la garde devant certains bâtiments officiels. Quoique je sois dans la capitale de la France, je crois que Bordeaux est une plus belle ville, les rues d'ici sont moins modernes. Mon lieutenant a dit que si tout est normal, j'aurai une permission de deux mois pour aller au mariage de Saturnin. Je suis flatté que le choix de Saturnin se soit porté sur moi et lui renouvelle mes sentiments d'attachements, de même j'assure Anicette de mes compliments. Prenez grand soin de vous. Votre fils pour la vie, votre très humble et très obéissant serviteur. Jean.

- S'il te plait, Nicolas, relis ».

92

Chapitre 15

1809 – Jean a 25 ans
il est nommé caporal
Malet est écroué à Sainte-Pélagie.

Jean est rasséréné, ses parents sont à l'abri des
imprévus, autant que cette expression puisse avoir
un sens. C'est au jeune comte Paul de Manerville
que le soldat Jean-Auguste Rateau doit la tournure
inattendue que les événements ont prise. En évo-
quant le jeune comte Paul de Manerville qu'il a
affranchi des servitudes militaires, il entrevoit un
jeune homme qui aurait toute sa place, ici, à Paris.
Riche et fort élégant, le jeune comte trouverait sû-
rement ici à réaliser un mariage prestigieux. Quant
à Jean, il n'a pas à se plaindre, pour fonder une famille, il pourra désormais prétendre à une fille, mais
à une fille dotée.

Affecté à la caserne des Minimes, dans la
chambrée du peloton, il a dû partager sa couche
avec un garde plus ancien, celui qui le guidait dans
sa formation militaire. Motivé par la transaction
contractée avec les Manerville, ce fils unique a su

accepter docilement une discipline à laquelle il n'était pas préparé et s'est efforcé d'accomplir au mieux son service. Aujourd'hui, c'est à lui de suivre la jeune recrue qui partage sa couche. Depuis deux ans, de nouveaux conscrits ont été incorporés, incorporés. Les arrivants à qui incombent les corvées les plus ingrates supportent naturellement plus que les anciens les multiples tâches qu'imposent les conditions de cantonnement et de vie dans un bataillon. Heureusement, ses camarades, pour la plupart, viennent des campagnes et les paysans rechignent moins aux travaux rébarbatifs.

Il lui arrive ainsi de se bercer de rêveries, celles qui traversent les pensées d'un soldat, voyages intérieurs qui le conduisent dans les paysages de son adolescence, évasion de sentinelle.

Le temps pourrait être long aux Minimes, on s'habitue à l'étirement indolore des heures qui coulent avec langueur. La chambrée, c'est le foyer du soldat. On y partage ses soupers, on y est en confabulation, on y commente les victoires de l'empereur ou bien on se consacre au domino, au passe-dix ou aux jeux de cartes.

Dehors on s'adonne à d'autres jeux ceux qui cimentent l'esprit de corps et la cohésion. Il arrive assez fréquemment que la Garde de Paris des Minimes rivalise avec la Garde nationale voisine de Popincourt, les rencontres se déroulent place des Vosges où l'espace est plus vaste. Peloton contre peloton. Jean ne manque pas d'adresse au jeu du camp-ruiné[49]. Il est habile à anticiper la réaction de ses adversaires qui ont bien du mal à saisir la balle avant le bond. Son lancer est celui d'un expert, les membres de son équipe sont plus nombreux à occuper le camp opposé. Ils lui doivent de nombreuses victoires.

Jean n'est pas de ces soldats qui grognent pour tout ou pour rien, il est apprécié. Néanmoins, il a toujours pensé que c'est au jeu du camp-ruiné qu'il doit d'avoir été remarqué par le lieutenant Hilaire Beaumont si bien que le capitaine Georges Rouff le nomme caporal.

Désormais, sa solde augmente d'un dixième de franc par jour. Une solde d'un demi-franc n'opère pas un changement notoire, mais il lui faut néanmoins acheter du vin, car son peloton attend de célébrer l'événement. Ni ses camarades ni les officiers Beaumont et Rouff n'accepteraient que les bonnes traditions se perdent.

À l'angle de la rue Neuve-Sainte-Catherine et de la rue de l'Egout-Sainte-Catherine[50] se situe un cabaret. Dans cette taverne aiment à se retrouver les gens du théâtre du Boudoir des Muses situé un peu

---

[49] Jeu qui consiste à attraper avant son rebond le ballon lancé par un adversaire afin d'aller occuper son camp. L'équipe gagnante est celle qui se retrouve en totalité dans le camp opposé.

[50] Aujourd'hui, angle de la rue de Turenne et des Francs-Bourgeois.

plus loin dans la rue. Les pensionnaires de l'institution toute récente de monsieur Jacques Lepitre se plaisent à leurs discussions. Comme ce cabaret côtoie la place des Vosges où gardes de Paris des Minimes et gardes nationaux de Popincourt, effectuent leurs exercices d'entraînement, de nombreux officiers, parmi lesquels les capitaines et lieutenants Godard, Rouff, Bourderieux, Beaumont de même que les nationaux Fessard, Steenhouver, Lefebvre et d'autres s'y réunissent volontiers pour conclure une journée tandis que les sous-officiers conduisent les hommes dans leurs casernes respectives.

Ce jour-là, le lieutenant Beaumont qui apprécie son soldat récemment promu invite Jean à le suivre :

« Messieurs, permettez-moi de vous présenter le héros de ma compagnie, le caporal Rateau. Il est imbattable au jeu du camp-ruiné. Il n'y a pas un peloton de tout l'empire qui puisse résister au mien. De plus je…

- Rateau, j'applaudis !

-…de plus je vous propose de trinquer à sa promotion, elle date d'hier. Patronne … un pichet et du bon ».

Catherine, l'aubergiste, fait servir la boisson au caporal qui arbore de nouveaux galons fraîchement cousus.

Accompagnés d'un de leurs répétiteurs, quelques élèves du lycée Charlemagne qui demeurent dans la toute proche pension Lepitre tout proche, arrogants dans leurs beaux uniformes, souliers à boucle, culottes bleu foncé, tricorne posé sur la table, apostrophent les officiers ; les acteurs du Boudoir des Muses[51] qui aiment passionnément s'enflammer interviennent ; les consommateurs habitués du lieu prennent part aux échanges. Un joueur d'échecs qui vient de jeter son échiquier après que son concurrent lui a lancé un tonitruant « échec et mat » se jette à son tour dans le débat dont il espère une meilleure sortie.

La dispute commence à l'initiative des lycéens qui mettent en cause les militaires qui pratiquent des jeux de ballon au lieu de gagner leurs lauriers sur les champs de gloire. À quoi les officiers rétorquent que ce n'est que rhétorique et que la rhétorique n'a jamais résonné autant que le canon. On objecte alors les hauts faits militaires dans la littérature, tels que ceux du Cid.

L'œuvre du Grand Corneille est tout aussi sublime que celle de l'empereur, mais d'autres en

---

[51] Il y eut dans le quartier sous ce nom une salle de théâtre qui ne survécut pas longtemps.

viennent à critiquer des auteurs subalternes, qui n'apprennent rien d'autre que le médiocre et le ridicule et l'on vise sciemment Goldoni si souvent joué au Boudoir des Muses, qu'importe, il n'est point français, peut-être, mais, s'il était de ce monde, ce Vénitien, serait sujet de Napoléon Ier roi d'Italie, rappelle-t-on. En entendant critiquer Goldoni, l'aubergiste, qui défend les comédiens, réagit vivement, il n'y a pas théâtre plus drôle que celui de Goldoni, elle en veut pour preuve La Locandiera ou le Menteur. Elle y gagne le surnom de Mirandolina, elle s'en offusque, le ton monte vite, des officiers s'interposent et il faut que le caporal Rateau retienne le bras d'un lycéen pour que la dispute s'arrête net.

Le caporal quittera ce lieu avec deux bouteilles de bon vin, du bon vin dont il ne sait plus s'il le doit à une farce de Goldoni ou aux yeux de tendresse de l'aubergiste. Ce vin d'Espagne, il le partagera avec la chambrée.

Chapitre 16

Janvier 1810 – Jean a 25 ans
Malet est écroué à Sainte-Pélagie

Il arrive à Jean de ne pas pouvoir se consacrer à ses parents ou à ses amis, tant ses journées sont pleinement occupées par sa vie de garnison. Aussi doit-il se ménager un moment avant que ne sonne la Diane.

« Mon Cher Père, Ma Chère Mère, J'espère que vous vous portez bien et vous prie de m'informer de toute difficulté que vous seriez susceptibles de rencontrer. Je suis toujours sous l'uniforme de la Garde communale de Paris celui que je portais au mariage de Saturnin, vous l'aviez apprécié. Depuis peu, j'y ai cousu mes nouveaux galons de caporal. C'est à moi qu'il revient maintenant de mettre en place les sentinelles d'organiser les tours de garde, de veiller à leurs tenues et au bon fonctionnement de leur armement. Il m'arrive d'avoir à remplacer le sergent. Je viens d'apprendre que le général Malet est écroué, je ne comprends pas. Peut-être êtes-vous au fait ? Renouvelez mes sentiments d'attachement à Saturnin et à Anicette ainsi qu'à Petit Louis quand vous les verrez. Prenez grand soin de vous. Je suis votre fils pour la vie et vous embrasse de tout mon cœur. Jean, caporal ».

À la Garde municipale, les activités sont variées. Il n'y a pratiquement pas de formation, la Garde étant un corps d'élite composé de braves. Il est donc très rare, mais le cas se présente parfois, qu'un ancien ait à former une jeune recrue : marcher au pas et en cadence, lui montrer toutes les étapes pour armer un fusil avec sûreté et diligence, si possible en vingt secondes et comment poser le pouce pour prendre la visée, etc. Même en l'absence de formation, les activités normales de la Garde municipale de Paris remplissent les journées, voire les soirées parfois même la nuit. Malgré toutes ses activités et tout en même temps, les temps morts ne manquent pas, même s'ils sont mis à profit pour l'entretien des effets personnels. C'est une caractéristique de l'activité militaire dans une capitale en paix. À croire que, jusqu'à l'extinction des feux, les heures creuses sont une nécessité pour le contingent : on reste entre camarades pour vaguer et le temps passe.

Dans les chambrées, on joue aux dés, aux dominos, aux cartes, à rien et l'on somnole. D'aucuns sortent par petits groupes, partent au cabaret, les plus entreprenants ou les moins argentés musardent dans les rues. Là, on guette, après tout c'est le propre de la nature du soldat, oui on guette le passage des filles. Certaines portent un chapeau fleuri, d'autres ont conservé un tablier par-dessus leur robe. Quelques-unes s'affolent et se mettent à survoler le pavé comme si elles étaient entraînées par un battement d'ailes, les moins farouches entrent de loin dans ce jeu, d'autres expriment un peu plus de curiosité à l'égard de ces jeunes gens en uniforme. Ça fleure bon les œillades, les sourires, les petits rires entendus, les démarches qui se déhanchent ou les allures qui ralentissent. C'est alors que, mine de rien, les soldats arrivent à hauteur d'un groupe de jeunes filles. On frise les moustaches, subitement on joue des franges, celles des épaulettes, les clous des souliers résonnent sur le pavé. Qu'on ne s'y trompe pas, on assure être bien là, à leurs côtés. Le temps qu'il fait ? Qu'importe. On s'est déjà aperçu, si, si. Que le hasard est heureux, on se rend dans une même direction, c'est alors qu'il vaut mieux passer par cette rue, c'est plus rapide, ce n'est pas parce qu'il y a moins de monde. Oh non ! Un petit angle sur le parcours, à l'abri des regards, c'est tout ce qu'il faut. Puis on se reverra. On se le jure, on se quitte, mais sans y parvenir, c'est long, c'est bon, c'est doux. On parle de tout, de rien, en vérité et surtout on se garde bien d'évoquer combien il est dur d'être un homme loin de chez lui.

En début d'après-midi, Jean Rateau a rassemblé dix hommes du peloton. Les armes à l'épaule ils sont rangés comme à la parade. Le lieutenant Beaumont les passe en revue. La veille, le sergent s'était occupé d'obtenir une voiture fermée avec deux cavaliers, dont un cocher, tous trois placés sous ses ordres. La voiture s'ébranle, franchit le portail des Minimes, s'éloigne au petit trot. Le sergent sera le premier à destination et présentera l'ordre de mission. Ce n'est que sur place que les gardes apprendront le transfèrement de l'un de leurs détenus. En effet, il convient d'éviter que des républicains ou des royalistes apprennent ce mouvement et organisent l'évasion du prisonnier. En colonne par deux le détachement commandé par Beaumont prend une voie plus directe.

La porte de la prison Sainte-Pélagie ressemble à ce qu'elle doit être : lourde, massive, austère.

Tandis qu'une partie des hommes demeure à l'extérieur pour s'assurer de la sécurité des alentours et de la voiture, Jean et deux soldats suivent Beaumont à l'intérieur de cet établissement où des gardes du lieu les conduisent jusqu'à la cellule du général Malet. Ils longent les murs qui suintent une humidité rance, traversent de sombres couloirs qui n'ont plus été blanchis à la chaux depuis si longtemps. L'air y est corrompu. La construction est si épaisse, la lumière si ténue, qu'il semble que l'on s'enfonce dans une grotte, il faut le cliquetis des clefs et le martèlement des pas sur la pierre froide pour briser le silence. Les hommes avancent, transis. Derrière les portes au passage du détachement, on entend parfois un tonitruant. « À bas le tyran ! », ailleurs un rire sarcastique, ou bien le glissement des pantoufles d'un détenu venu écouter au plus près ce qui se passe. Un des gardes s'en excuse :

« Mon lieutenant, ce sont presque tous des royalistes, alors vous comprenez… Le vôtre, lui par contre, c'est un républicain ».

Un garde introduit une clef dans une porte qui ne tarde pas à s'ouvrir sur un homme que cela surprend et que Beaumont tente aussitôt de rassurer :

« Mes respects, mon général. Je suis le lieutenant Beaumont de la Garde communale de Paris. J'ai reçu l'ordre d'opérer votre transfèrement à la maison de santé du docteur Dubuisson[52]. Vous êtes bien Claude-François de Malet, né le 28 juin 1754 à Dole ?

- Lieutenant, je suis le général Malet né à Dole le 28 juin 1754. Avant que je ne vous suive, vous voudrez bien m'accorder quelques instants que je prépare mes affaires et que je mette un peu d'ordre à ma tenue. Quel jour tenons-nous du mois ? »

Manifestement, le détenu dont la cravate noire laisse entrevoir un passepoil ne s'attendait pas à ce que sa demande puisse être satisfaite. Échappant à ce lieu, il ne cache pas sa satisfaction. Tant et si bien qu'il est mû par une sorte de frénésie au point

---

[52] Cet établissement était situé rue du Faubourg Saint-Antoine, près de la barrière du Trône.

de ranger ses effets avec beaucoup de désordre.
Ému le caporal Rateau intervient :

« Puis-je vous aider, mon général ?

- Non, non, mon garçon, merci.

- Je suis le caporal Jean Rateau.

- Fort bien, caporal.

- Je suis le fils de Vuillemette Rateau.

- De Vuillemette Rateau ? …De Vuillemette.
Ah ! Pardonnez-moi, je n'y étais pas. Bien sûr. Ah !
Cette brave Vuillemette… Comment va votre
mère ?

- Fort bien, je vous remercie, elle est toujours à
Bordeaux.

- N'oubliez pas de lui dire tout le bon souvenir
que je garde d'elle. Et vous, mon garçon, que faites-
vous à Paris ? »

- La conscription, mon général, je suis un remplaçant.

- D'un bordelais, sans doute ?

- Du comte Paul de Manerville.

- Ah ! Les Manerville, quelle équipe. Lui, sa clique et le préfet m'en ont fait voir, enfin, c'est de l'histoire ancienne. Tenez, prenez ma malle, elle est prête ».

Quelques instants plus tard, la chambrière claque et la voiture escortée par des hommes à pied s'ébranle. Le général Malet y est encaqué entre deux soldats.

106

Chapitre 17

1810 – Jean a 26 ans
Malet est interné à la maison de santé
du docteur Dubuisson

Malet découvre sa chambre. C'est une pièce qui serait presque élégante si elle n'était petite. Un lit de travers assez simple est fermé aux regards par des rideaux. Une fontaine en acajou, avec récipients de cuivre, se cache derrière un paravent, à l'extrémité sombre du lit. En acajou de même, une table-cabaret pour y prendre les repas sert aussi de bureau. Quatre chaises du même bois et leurs deux fauteuils pour la lecture au coin du feu créent une illusion de salon. En face du lit, entre deux placards, une armoire sent bon l'encaustique. La cheminée, de facture récente, en marbre blanc et à colonnes détachées, est flanquée d'une paire de chandeliers en laiton, d'une pendule en bois de violette dont le timbre sonne pour éclaircir le temps. Elle est sur-montée d'un miroir doré qui réfléchit le bel air du jardin. C'est ainsi que, se lisant au-dessus de la ta-blette, cet espace vert apporte à ce lieu une dimen-sion tout autre. Ce logement situé au rez-de-chaussée donne en effet sur un enclos soigné. Là, des aristocrates du temps jadis, canne à la main, jabot de dentelles et autres opposants royalistes, évoquent les temps confisqués.

Les soupers sont appréciés : bouillons restaurants, pâté de foie gras, écrevisses, morilles, ris de veau et, bien sûr, crêtes et rognons de coq, crème de Chantilly et plus rarement ananas. Le vin est de qualité. La pension du docteur Dubuisson serait plaisante si ce n'était un lieu d'enfermement.

Très rapidement, Claude Malet se lie avec un autre pensionnaire, Jean-Baptiste Lafon. L'abbé Lafon avait été incarcéré, lui aussi, à la sinistre prison de La Force où rien ne court. Ce passé commun, parce qu'il fut douloureux, unit ces deux hommes qui n'auraient pas dû se croiser. L'un, mû par ses convictions républicaines, avait espéré par deux fois la chute de l'empire, l'autre, avait soutenu les protestations de Pie VII quand ses États furent envahis, et avait organisé avec ses étudiants des réseaux royalistes dans le Midi comme en Bretagne.

Tous les deux se reçoivent très souvent à souper, dans la chambre de l'un ou dans celle de l'autre. Autour des potages et des rôts servis dans la bonne maison du docteur Dubuisson, on parle et l'on évoque les points sur lesquels on s'entend. Incontestablement, ces deux hommes sont animés par une détestation commune dont l'usurpateur fait les frais. Cela crée des liens.

Dans la grisaille de Paris, loin du soleil bordelais, en traînant derrière lui les souvenirs de son
enfance, Jean, qui est de quartier libre, se dirige
vers la malle-poste la plus proche avec une lettre
destinée à ses parents. Le goût des talmouses faites
par sa mère, il n'en existe nulle part d'aussi bonnes,
éveille parfois des pensées pour s'évader vers le
Midi : odeurs mêlées de beurre bruni et d'herbes
rousses, d'iode et de coquillage, de lie-de-vin et des
couchers de soleil sous l'extrémité de la mer, des
voltiges d'oiseaux au-dessus du port, de la fraîcheur
de là-bas. Hélas, nulle personne pour parler pays.
Ce ne sont pas les Champenois, Picards ou Auver-
gnats du régiment qui peuvent comprendre ce bien-
être au Bec d'Ambès. La seule personne du pays
qu'il connaisse n'en est pas, c'est le général Malet.
Pourquoi diable, irait-il, lui, le caporal, s'entretenir
avec un officier général ?

« Vous avez très bien fait Rateau de venir. Les
compliments que votre mère vous a chargé de me
transmettre me vont droit au cœur. Sachez, caporal,
que je lui porte grande estime. Vuillemette est une
brave, une honnête femme de surcroît courageuse.
De nos jours, ce sont des valeurs qui se perdent. Ah,
vous évoquez Bordeaux, sachez que je m'y suis plu.
Tenez, puisque vous êtes ici, je vais vous faire rencontrer un de mes amis qui, justement, est de Bordeaux. Ne bougez pas, je m'en vais le chercher.

- Je ne voudrais pas abuser de votre temps,
mon général.

- De mon temps ? Mais vous plaisantez, mon jeune ami. Ici, les heures ne s'écoulent pas ; elles s'empilent. Le temps est immobile. Vous savez, en ce lieu, il faut de l'optimisme pour remonter les pendules. Mes considérations vous ennuient sans doute. Alors, asseyez-vous et attendez-moi, je n'en ai pas pour longtemps ».

Dès qu'il est seul, Jean regarde les aiguilles au cadran, elles marquent l'heure. Personne pour le déranger, il est aisé de faire le curieux. Il jauge chaque objet, ils sont tous beaux, comme suspendus au bord du mouvement quoiqu'en ait dit son hôte, un général détenu ! Qu'est-ce qui a conduit Jean en ce lieu ? Bordeaux n'explique pas tout. Il en cherche la réponse quand :

« Monsieur l'abbé, permettez que je vous présente un de vos compatriotes, le caporal Rateau, dont je connais bien la mère qui fut l'une de mes servantes quand je fus en poste en Dordogne, une personne appréciée.

- Votre serviteur, monsieur l'abbé.

- Bonjour, mon ami. Alors comme ça vous êtes de Bordeaux. »

Chacun d'évoquer des souvenirs, rien de bien notoire, des sujets peu personnels, finalement. Le général fait la liste de ses rares amis, souligne l'impéritie des fonctionnaires et la médiocrité de ses subalternes.

« Un défaut du temps, mon général » interrompt l'abbé Lafon.

Jean écoute davantage qu'il ne parle. Que pourrait-il dire ? Il n'est pas homme de salon. Il en est gêné et si mal à l'aise que le vin de Porto qu'on lui a servi et dont le fumet le tente, il ne peut en goûter tout le moelleux ainsi qu'il le ferait dans sa chambrée. En ce lieu, une grande lampée serait incongrue.

L'abbé Lafon en vient à évoquer sa résistance, ses amis Jules de Polignac et son frère, qui eux aussi, détenus dans cet établissement, l'ont reçu chevalier de la foi. Il est vrai qu'il avait servi la cause de Pie VII et qu'il avait organisé des réseaux royalistes. Il peut bien l'avouer puisque c'est la cause de son internement. Puis, dans ces démonstrations, il cite quelques noms, ceux des personnes qu'il a sauvées. L'un de ces noms frappe Jean de stupeur. L'une de ces personnes sauvées n'est rien d'autre que le père de son ami Guillaume, exilé en Espagne pour échapper à la répression contre les insurgés royalistes.

Une forte émotion le submerge. Les yeux de Jean s'humectent. Il a en face de lui des hommes qui, au prix de leur liberté, ont lutté pour Dieu, l'Église, le roi et la liberté…, des héros.

« Oui et non, mon garçon. L'abbé et moi-même, chacun de notre côté, avons lutté contre la tyrannie. C'est ce qui nous rassemble et c'est tout à notre honneur. Pour ma part, n'étant pas du clergé, mais étant un soldat, j'ai davantage lutté pour la liberté que pour le pape et le roi. Au fond, l'abbé et moi, partageons cette même passion qui est au-dessus de tout…, la li-ber-té. N'est-ce pas l'abbé ?

- Général, au risque de vous étonner, je dirais oui. Rapidement, sans nous perdre dans un autre débat, je dirais que Dieu et liberté recouvrent la même réalité, la seconde étant l'attribut de la première. Alors, je ne peux que vous donner raison. Le reste est affaire de conviction.

Chapitre 18

Juillet 1812 - Jean a 28 ans
Depuis le duché de Varsovie, la Grande Armée
franchit le Niémen
Malet et Lafon sont pensionnaires à la maison de santé du
docteur Dubuisson

Sa dernière visite à Bordeaux aurait dû permettre à Jean de couler des jours innocents, de s'abandonner à la joie des retrouvailles. Certes, il a été fêté par ses parents, par Louis que l'on n'appelle plus depuis longtemps le petit Louis; par Saturnin et Anicette qui lui présentèrent leur petite Marie âgée d'à peine plus d'un an.

Mais l'heure n'a pas été à la joie, il a appris que Guillaume et son père avaient été tués en Espagne en combattant les Français. À l'initiative de ses amis des Chartrons, une messe qui rassemblait quelques opposants avait été célébrée à Bordeaux dans le plus grand secret. Les amis de Jean avaient estimé plus prudent de ne pas l'en informer par écrit. C'était aussi lui épargner une grande affliction. Jean a pleuré.

Il a profité de son séjour à Bordeaux pour rencontrer des prêtres et d'anciens étudiants auxquels il a remis une correspondance de l'abbé Lafon. Les nouvelles ne sont pas bonnes, l'empereur concentre une armée innombrable au nord. Il a revu ses camarades de chez Hennessy, ils sont inquiets, le port est bloqué par la flotte anglaise, parfois, une salve d'artillerie venue de la mer rappelle que le ciel aussi se déchire. L'activité maritime est quasiment inexistante, c'en est désespérant. De nombreux artisans sont en chômage. Bordeaux souffre. La guerre en Espagne prive les paysans de main d'œuvre et de chevaux. Le passage tonitruant des troupes provoque de grands désordres. Aux souffrances matérielles s'ajoute le deuil. Une atmosphère obscure s'est abattue sur la ville.

Pressé par l'abbé Lafon auquel il remet des réponses rapportées de Bordeaux, pressé aussi par le général Malet, Jean décrit une ville qui se désole. Il en convient, la situation politique n'est pas favorable ; les gens souffrent.

Tapant du poing sur la table, le général Malet dont la cravate est dénouée surprend la morosité ambiante en s'écriant :

« C'en est trop, il faut que ça cesse ! »

Chapitre 19

22 et 23 octobre 1812
Napoléon est dans Moscou
qui n'est plus que le fantôme d'elle-même
après que les Russes l'ont incendiée
Malet et Lafon s'échappent pour renverser l'empire

Le 20 octobre 1812, madame Denise Malet s'était rendue au cul-de-sac Saint-Pierre, près de la place des Vosges, chez l'abbé Joseph Caamano, un prêtre espagnol ami, pour déposer une malle renfermant plusieurs effets, une écharpe tricolore, l'uniforme de son époux et un uniforme d'aide de camp.

Ce soir, l'abbé Caamano, ne tarde pas à ouvrir sa porte à un homme jeune, monsieur Boutreux, précepteur de son état, bachelier en droit, c'est ainsi qu'il s'était présenté à Jean Rateau quand l'abbé Lafon les avait réunis. Le général Malet qui le suit de près entre sans dire un mot - une atmosphère de complot règne en ce lieu - revêt son uniforme, contrôle ses pistolets. Boutreux se ceint de l'écharpe de commissaire de police. Ensemble, ils vérifient dans le portefeuille l'ordre de rangement des documents indispensables au succès de leur entreprise, ces précieux papiers sont pour l'essentiel l'œuvre de l'abbé Lafon. Jean ne tarde pas à arriver. Un signe à tous, en silence, le moment est d'importance. Il dépose son uniforme de la Garde de Paris et revêt celui d'un aide de camp. Dans quelques heures, en effet, il sera réellement promu. Il se mire dans une glace, mesure l'effet qu'il produit, fronce le sourcil, plisse les lèvres vers le bas, bref adopte une allure de capitaine avec ses deux épaulettes à franges dorées. Il est beau, fier, martial. Vuillemette n'en sera pas étonnée, de son bon garçon tout est possible. Les filles l'entoureront sans qu'il ait à faire le moindre effort. Quel superbe capitaine il fait ! Puis l'abbé Caamano leur apporte de l'eau fraîche, il convient de se détendre. Ils auront à faire vite. Dans la nuit, prendre au dépourvu…

Le plan est précis, le général Lamotte, un nom d'emprunt, est à la manœuvre. On commencera par la caserne de Popincourt, toute proche. Quand il apprendra la mort par balle de l'empereur à Moscou, le colonel Soulier, commandant la Xe cohorte de la nationale mettra son unité aux ordres du général Malet. Cette première escorte lui conférera l'apparence de la légitimité. La république sera proclamée, pour preuve les sénatus-consultes (c'est Lafon qui les a imaginés). Les douze cents hommes de Soulier escorteront le général Malet. On agira de même avec le régiment de la Garde de Paris également très proche. Le colonel Rabbe, commandant le régiment cantonné aux Minimes, agira comme Soulier, l'escorte grandira puis se divisera pour agir simultanément partout dans Paris, avec d'autres régiments enrôlés suivant la même méthode. C'est imparable. On ira libérer de la prison de La Force les deux généraux Guidal et Lahorie, ainsi que Boccheciampe, un civil que l'on travestira en préfet ; chacun exécutera sa part du plan : Ici Savary, le ministre de l'Intérieur, là Cambacérès, le Grand chancelier de l'empire, ailleurs Pasquier, le préfet de police et le général Hulin, le gouverneur militaire de Paris, etc. Ils seront tous arrêtés. Le général Malet sera nommé gouverneur militaire de Paris, le général Moreau, chef du gouvernement provisoire de la république, Rateau sera officiellement confirmé dans son grade de capitaine ; renversements des situations et promotions : tourbillons d'un mois d'automne.

Demain matin, Paris, c'est-à-dire la France, se réveillera sous un autre régime. Quelle aventure ! Le capitaine Jean Rateau regarde avec une admiration sans bornes le général Malet. Puis, en compagnie du commissaire Boutreux, quitte le domicile du prêtre espagnol et s'en va libérer la France du joug du tyran. Sa main gantée de canepin est posée sur le pommeau de son épée, l'index en caresse la branche. Il est presque deux heures du matin. La nuit est fraîche, le pas des trois hommes est décidé, 1er objectif : Popincourt.

Chapitre 20

29 octobre 1812 – Jean a 28 ans
Napoléon est dans Moscou, ville dévastée
Après l'arrestation de vingt-quatre conjurés, quatorze
d'entre eux, au nombre desquels Rateau et Malet, sont
condamnés à être fusillés

Le 29 octobre, la sentence tombe. Elle est prononcée par le président du conseil de guerre, le général comte Dejean : la mort.

La condamnation est immédiatement exécutoire.

La cellule est sombre. Jean s'y reprend à plusieurs fois, les larmes qui ravinent ses joues en s'écrasant sur le papier irisent l'encre. Il lui faut recommencer. On lui rapporte des feuilles. Il ne pleure pas sur son sort, mais la douleur dont ses chers parents seront affligés lui déchire l'âme. Il fait froid, aussi froid que sous terre. L'air siffle sous la lourde porte et s'évanouit aux barreaux, lucarne sans vitre. De la bougie, la flamme chancelle, feu-follet au-dessus de la mort.

120

Chapitre 21

28 octobre 2017

La maison d'édition donne rue de Turenne. Elle a conservé la façade du XVIIIe siècle d'un ancien hôtel abandonné aux ravages du temps. Elle n'est fréquentée que par quelques visiteurs et par les salariés, c'est à peu près tout. Quelques voix errent dans les couloirs et les piqures frénétiques des talons en donnent la profondeur. La ronde des lumières accompagne la construction qui s'enroule autour d'un jardin intérieur. L'entrée est d'un goût très consensuel avec ses portes de verre et ses parois de marbre. L'architecture intérieure se voudrait répondre à ce que l'on attend d'un établissement conçu pour le bel esprit, une maison pensée à la fois pour la littérature et pour le numérique se doit d'être avant-gardiste, originale, pourtant elle n'échappe pas au goût du jour qui impose l'innovation pour règle.

Aux heures de pointe, les automobiles s'engouffrent dans le parking, ajoutant le roulement familier de leurs mécaniques, aux vibrations du vent sur le béton ou au clapotis de la pluie sur le macadam.

Chloé, entrant dans le bureau de Charlotte, s'est installée à la table de réunion sans dire un mot, juste un signe entre elles, pour ne pas déranger. Sa tenue vestimentaire est d'une simplicité étudiée. Un regard en profondeur, propre à pénétrer ses interlocuteurs, mais avec joie et espièglerie, privilège de la jeunesse, vingt-huit ans à peine. Avant de se plonger dans la lecture d'une tablette numérique, elle avait risqué :

« Charlotte, c'est l'affaire Malet, je lis et termine. L'auteur vient cet après-midi ».

Charlotte acquiesce. Brune à peine âgée de plus de quarante ans, physique dynamique, dessiné par la pratique du sport et tailleur rigide, elle s'affiche comme une femme d'autorité. En prenant ses fonctions, Charlotte avait imposé des formules pour distinguer sa maison qu'elle voulait novatrice : souffle de la pensée, puissance des mots, envol de l'imaginaire, fluidité des esprits… Bref, elle a une vision globale du marketing et en conséquence une politique assez efficace, plus conformiste pourtant qu'elle ne le prétend.

Elle se lève en reculant son fauteuil sans bruit, part glisser une pièce de monnaie dans le distributeur, en rapporte du thé fumant qu'elle dépose sur la table ronde à côté de Chloé qui, absorbée par sa lecture, ne remarque pas cette attention ; qu'importe, on est entre soi, en confiance.

À son bureau Charlotte étudie ses rapports, corrige ses notes, reprend sa nombreuse correspondance, rythme ordinaire d'une journée. Chloé n'a pas bougé, elle lit.

Les pluies de la nuit ont trempé le gazon du patio. Malgré les caprices de l'automne, quelques fleurs insistent. Les ciselures du matin scintillent dans la pâleur du soleil. Une pie jacasse. Chloé lit.

La soudaine sonnerie du téléphone n'est pas parvenue à distraire Chloé. Rien d'important, ou plutôt si. On rappelle à Charlotte l'anniversaire du petit. Ça va de soi. Charlotte, affairée, reçoit avec bienveillance ce message bien qu'il ne convienne pas d'interférer trop souvent sur son lieu de travail.

Que la porte de son bureau demeure ouverte ne constitue que le signe le plus insignifiant de ses réformes.

Tous les matins, Charlotte, après avoir fermé un parapheur, sort dans le couloir pour le poser sur la console de l'entrée. Une secrétaire qui maîtrise les procédures le récupérera. Généralement, Charlotte en profite pour se servir une boisson chaude. C'est ici un lieu de rencontres, aussi a-t-elle voulu que cette machine soit proche de son bureau. « Le contact », son maître mot. On la voit sur place échanger quelques paroles aimables avec d'autres utilisateurs, puis elle rentre, un gobelet à la main et reprend son activité.

Il est de coutume que quelques usagers envoient un signe par-dessus la baie vitrée, car les relations intraprofessionnelles se doivent d'être naturelles. Certains vont jusqu'à passer la tête dans l'entrebâillement de la porte. Ce matin, Charlotte pose l'index sur les lèvres, invitant ceux qui la saluent au silence : Chloé lit.

Chapitre 22

28 octobre 2017
Émotion

Maintenant, l'horloge marque un peu plus de midi, Charlotte est toujours à son travail, ordinateur-imprimante, imprimante-ordinateur, téléphone, parapheurs, planning…

Chloé sort soudainement de sa lecture comme tombée des nues.

« Ainsi, Jean-Auguste Rateau étant né à Bordeaux le 12 mars 1784 n'avait que vingt-huit ans en 1812. Quelle tragédie ! » S'exclame-t-elle après avoir refermé sa tablette numérique. L'émotion la saisit. Sur sa table, le gobelet de plastique est froid.

« Pauvre caporal ! Quelle misère !

- Pauvre caporal ! Quelle misère ! » Répète-t-elle.

Chloé n'a pas bu son thé, maintenant le gobelet est froid. Charlotte se propose de lui en apporter un autre, sans doute pour la réconforter :

« Pauvre caporal ! Quelle misère !

- Chloé, dites-moi.

- Un bon gamin de mon âge, vingt-huit ans, un innocent qui n'a eu que le tort d'être fidèle, ils vont le fusiller ».

Malgré ses ressentiments, Chloé revient à son livre. Charlotte temporise, la grande histoire donne lieu à des lectures passionnantes, mais elles ne sont pas faites pour surprendre en ce sens qu'il est rarissime que le lecteur n'en connaisse pas la conclusion. Tout un chacun sait que l'aventure napoléonienne se termine à Waterloo. Cela n'empêche pas que Napoléon suscite un énorme intérêt.

Chloé allègue qu'elle vient de lire l'histoire d'un petit, à peine est-il caporal. Avec ce soldat, on est loin des grandes figures qui impriment leurs noms dans l'aventure de l'humanité. Le personnage de son livre, lui, n'est pas un héros, ni même un antihéros, les tourbillons de la grande histoire l'ont tout simplement entraîné dans des fonds d'où il ne peut même pas se débattre.

Chloé poursuit :

« Comprenez Charlotte, si je reprends ma lecture j'assisterai, impuissante, au dénouement douloureux d'une pauvre vie ; cela reviendrait à être du peloton d'exécution. C'est au-dessus de mes forces. Au moins en m'arrêtant à cette page, j'accorde un sursis à cet innocent. N'ai-je pas raison ? »

Chapitre 23

28 octobre 2017
Compassion

Il est trop tard pour aller au restaurant de l'entreprise. Les deux femmes sortent du bureau, au passage, une secrétaire leur rappelle leur rendez-vous avec Jean-Louis Demans :

« Si nous ne sommes pas rentrées, dites-lui de nous rejoindre à la Locandiera, chez Catherine ».

À l'angle de la rue de Turenne et de la rue des Francs-Bourgeois, autrefois rue Neuve-Sainte-Catherine et rue de l'Egout-Sainte-Catherine, la Locandiera est une brasserie implantée par Catherine Tourres. S'est-elle rappelé qu'en ce lieu Goldoni avait fait l'objet d'une controverse entre élèves de Charlemagne, acteurs et officiers des Minimes et de Popincourt ? À l'époque, un théâtre du quartier était prétexte à de nombreux débats. Ce théâtre n'existe plus aujourd'hui.

Charlotte, toute présidente d'une maison d'édition qu'elle soit, est une femme d'affaires plus versée dans les chiffres que dans les lettres. Néanmoins, elle s'évertue à comprendre la réaction de Chloé dont la capacité à s'immerger dans la lecture fait d'elle une collaboratrice d'exception. Elle a l'œil, le sens de la prose, elle flaire le talent. Charlotte lui doit plus d'un best-seller. Chloé le sait bien.

Mais aujourd'hui, il y a un énorme problème. L'auteur va venir et Chloé se refuse à terminer sa lecture. Son attitude ne s'explique pas, ou plutôt si. Une compassion exceptionnelle lui interdit d'aller jusqu'à la dernière page. Dans ces conditions, quelle conclusion apporter à l'auteur ?

Chloé est portée par sa faconde habituelle. Aujourd'hui encore, elle va jusqu'à affirmer qu'accompagner une figure dans la marche de l'histoire revêt un caractère sacramentel.

Réveiller le souvenir, soulever le linceul du passé, raviver des plaies, constituent une offrande au présent, un rite au service du futur.

C'est le souffle d'une page que l'on tourne pour attiser les suprêmes tisons, mémoire spectrale du vivant révolu : une douleur.

« Mais enfin Chloé, ce n'est pas la première fois que vous lisez un livre d'histoire ! »

Chloé se ressaisit. Bien sûr, ce n'est pas la première fois. D'habitude, les auteurs font revivre des acteurs célèbres de l'histoire. Là, c'est différent. Jean Rateau est un sans nom, son influence sur le cours des choses est nulle. C'est un homme du peuple, son rôle est d'en être, sa mission est d'être insignifiant dans la multitude. Puis se redressant elle déclare :

« Entendons-nous bien, Charlotte, j'ai peut-être trouvé l'inimaginable. Maintenant, la plume de l'auteur est numérique. Avec le traitement de texte, il lui suffit d'une touche pour remplacer un mot plusieurs fois répété, pour supprimer ou rajouter une idée sans que le texte en soit affecté puisqu'il se remet instantanément en bon ordre. À l'heure du tout informatique, la pensée circule sans limites, elle est instantanée et relève de la conjugaison d'un même temps. Je crois avoir résolu une équation pour échapper aux lois de l'histoire. Pour autant, les trois temps du temps n'ont pas le temps du temps. Vous saisissez ?

- Je ne comprends rien, j'ai du mal à vous suivre, Chloé, vous me semblez surmenée. Voulez-vous faire un break de quelques jours ? Je suis persuadée que vous en avez besoin.

Plat du jour servi, le garçon, tablier blanc jusqu'aux souliers, serviette portée comme un manipule[53], officie : il présente selon le rite convenu un château La Dominique.

---

[53] Vêtement liturgique de l'Église catholique porté à l'extrémité du bras gauche par le célébrant. Il n'est plus d'usage depuis le concile Vatican II.

Chapitre 24

28 octobre 2017
L'inimaginable

Conjugaisons du passé, concordances des temps, operating system, cryptographie asymétrique, défragmentation, wizard, interconnections, réalisent en profondeur une liaison, atypique et singulière, entre syntaxe numérique et histoire.

Au moment où l'imaginaire est saisi, il provoque une onde de choc qui produit une quantité d'inspirations conceptuelles. Ce phénomène ainsi que l'énergie de la lecture sur l'écran interfèrent pour créer dans l'ordinateur une source de recyclage de la pensée écrite et pour fragmenter l'idée dans le langage binaire de la programmation. Dès lors se forme instantanément une suggestion, celle de la pensée qui est soumise aux effets grossissants de l'incrémentation.

La technologie fait beaucoup, pas tout, l'écriture explique le reste, le lecteur la synthèse : voilà l'équation. De ce phénomène inopiné, il résulte l'extraction hors des livres de nos anciens. Aussitôt à leur table, en face de Chloé, un homme est assis, venu de nulle part.

« Charlotte, puis-je vous présenter monsieur l'abbé Lafon. Je l'ai rencontré ce matin même au chapitre dix, oui c'était la première fois, au chapitre dix ».

L'abbé Lafon dans sa soutane noire avec son rabat d'un autre temps ne semble pas empesé pour autant. C'est avec élégance qu'il s'adresse à sa lectrice et à Charlotte. Ici au moins, il ne craint pas la police.

« Pourquoi viendrait-on vous arrêter, monsieur l'abbé ? demande Charlotte qui n'a manifestement pas les mêmes lectures que Chloé.

- C'est simple, après l'échec de la conspiration du général Malet, je dois à la protection de mes amis royalistes de n'avoir pas été arrêté. Je suis toujours recherché, vous savez. Comme la vie emprunte de curieux détours. Je vous dois, mesdames, cette parenthèse, une parenthèse hors temps, si vous permettez que j'appelle ce phénomène parenthèse.

- Oui, je comprends bien. De quelle paroisse étiez-vous ?

- Pff ! Comment vous dire…, à cette page, je ne suis pas ordonné prêtre, c'est à ma qualité de diacre que je dois d'être membre du clergé. Jusqu'à ces derniers jours ou siècles, comme vous préférez, j'étais pensionnaire dans une maison de santé dirigée par le docteur Dubuisson. C'est moins une maison de santé qu'un établissement de réclusion assez doux, quoiqu'onéreux, cent-cinquante francs tous les mois. Mais permettez-moi d'insister, je n'étais pas dément.

- Loin de nous cette pensée.

- pardonnez-moi d'aborder un sujet complexe, j'ai cru comprendre que vous lisiez un ouvrage qui déroule mon avenir antérieur. Je ne résiste pas à l'envie d'en connaître davantage ».

Cette rencontre, pour le moins étonnante, surprend Chloé qui, manipulant machinalement sa tablette, reproduit le même phénomène. Aussitôt, un autre homme apparaît debout près de sa lectrice.

Aux côtés de l'abbé Lafon, vient de surgir de nulle part un homme plus avancé en âge dont les vêtements froissés souffrent de la détention. Chloé le reconnaît bien sûr pour l'avoir rencontré très souvent et pour la première fois au chapitre cinq. Les présentations étant faites, le général s'étonne de voir en ce siècle son principal conjuré et lui demande, non sans naïveté, s'il n'a pas trouvé refuge ici en ce temps nouveau. Malgré l'invraisemblance de tout ceci, l'atmosphère est à la quiétude, les intéressés étant à l'abri de cette parenthèse.

À la demande de Chloé, le garçon a apporté deux verres supplémentaires et deux plats du jour.

Ce qui vient de se passer équivaut à un séisme, un séisme psychologique. Pourtant, dans la brasserie personne ne prête attention à ces deux hommes étranges venus de nulle part, personne non plus pour remarquer leurs tenues. Il est vrai qu'on est à Paris et que les sujets d'étonnement sont banals.

Les conjurés se retrouvent et, poursuivant de vieilles habitudes prises à la maison de santé du docteur Dubuisson, relancent une ancienne discussion.

Selon l'abbé, Napoléon sauve la république même si c'est à la manière d'un imperator romain. Ce à quoi le général rétorque que Napoléon, au contraire, assassine la république. L'un déplore que son régime ne puisse avoir ni le lustre de la royauté ni sa légitimité, le second, de rappeler que dans l'antiquité, la tyrannie était votée et limitée à une seule année.

Ils en viennent à s'interroger sur leur présence dans un Paris d'une autre époque. Chloé, ne manque pas d'explications ; par contre sur l'informatique elle reste peu convaincante. Elle-même s'interroge sur le nom qu'il conviendrait de donner au phénomène dont ses hôtes sont les sujets, celui de leur extraction du livre.

L'abbé qui est un homme cultivé se permet d'avancer une théorie sur l'imaginaire et sa puissance créatrice. C'est intéressant, mais insuffisant. Il ne peut être d'un grand secours, il n'entend rien à la technologie numérique. Qu'importe, ce qu'il affirme c'est que les personnages sont imprimés dans un récit. Sur ce dernier point, chacun lui donne raison.

C'est alors que Charlotte, qui n'est pas versée en histoire saisit l'occasion pour intervenir :

« J'en conviens vous êtes imprimés, puisque l'on peut lire. A contrario, notre amie Chloé vous a EXPRIMÉS, puisque vous êtes ici, autour de cette table. Autrement dit, vous faites l'objet de l'expression de Chloé. Général et vous monsieur l'abbé, vous bénéficiez d'une sorte d'exeat en littérature.

- Ah ! Merci, c'est exactement le terme qui convient. L'abbé Lafon et le général Malet sont exprimés, ex-pri-més. En effet, l'incrémentation est une technique qui fait croître régulièrement une valeur. Du coup, quand il y a un choc il y a expression. Vous me suivez ? »

Tout le monde est à l'écoute, bien que personne ne semble comprendre, Chloé continue sa démonstration :

« Ce choc n'est pas frontal, au contraire il est fusionnel. Il se produit par le rebondissement de l'incrémentation sur l'immersion du lecteur dans une page numérique. Il n'y a alors pas confrontation, mais, liquéfaction de deux phénomènes qui se fondent. C'est l'expression. Appréciez toute la puissance de l'esprit sur la technologie.

- Comme vous avez raison Chloé, un support technologique et la pensée, quelle synergie ! » Conclut Charlotte.

L'abbé et le général sont dépassés. Ils se regardent comme s'ils s'interrogeaient sur les changements intervenus depuis deux siècles, par contre ils ne doutent pas de ce nectar rond en bouche qui leur est servi.

Chapitre 25

28 octobre 2017
Expressions

Chloé cherche à vérifier l'expression. Elle revient vers son livre numérique et d'une main peu assurée en frôle l'écran, sait-on jamais ?

Elle reconnaît Boutreux et Rateau malgré leurs tenues défraîchies par l'internement. Accablés par le sort ils ont vieilli. Chloé résiste à l'émotion pour ne rien ajouter à leur douleur.

Bien qu'il ne soit pas aisé de franchir les temps, du passé au présent ou du présent au futur, Chloé se rappelle nettement avoir rencontré Boutreux pour la première fois au chapitre dix-neuf, alors qu'elle connaît Rateau, Jean devrait-elle dire, depuis la première page. En ce temps-là, il avait à peine quatorze ans... si bien qu'il y a entre eux des liens plus étroits, c'est naturel, ça n'enlève rien aux qualités de Boutreux, le bachelier en droit. Lui, Jean, avec la tignasse de toujours et son air innocent a quelque chose d'émouvant qui éveille des sentiments de proximité. On pourrait croire, en quelque sorte, qu'il est de la famille. À cet instant, il est là, la tête ravagée par le sort. Chloé le serre dans ses bras. Tant de commisération embarrasse Jean. Néanmoins, il s'abandonne un peu sur l'épaule de Chloé. Ils ont le même âge. Lui aussi ressent ce sentiment profondément fraternel qui remonte à la nuit des pages. Maintenant, il n'a plus froid. Après une absence, quoique deux fois séculaire, qui n'a duré que quelques heures, deux personnes, outre temps, se retrouvent.

Malet intervient, peut-être pour interrompre cet élan du cœur qui lui rappelle, peut-être, comment, lui aussi, avait arraché celle qu'il aimait aux vœux qu'elle s'apprêtait à donner :

« N'oubliez pas, c'est moi le héros de cette aventure. C'est à moi que le caporal doit d'avoir été extrait de l'anonymat, je l'en ai exprimé, comme vous dites.

Rateau reprenant le général :

- Me faut-il vous rappeler, mon général, que je suis votre aide de camp. Quoique ma tenue n'en dise plus rien, vous m'avez promu capitaine.

- Exact, capitaine » puis se ressaisissant : « Au fond mon métier de soldat m'a souvent confronté à des situations périlleuses, être exprimé relève d'une réalité que je ne saurais définir. Je ne sais si cette expérience servira l'histoire.

Et Boutreux de renchérir :

- Ce doit être clair pour Chloé, elle est la seule à nous avoir lus. Moi-même, je m'efforce de ne pas perdre raison…

Puis se tournant vers Chloé

- Pouvons-nous commander une bouteille de ce vin et du tabac pour ma pipe ?

Charlotte bondissant sur cette demande :

- Je me permets de vous rappeler la nocivité du tabac, jeune homme.

Boutreux sourit :

- Je ne comprends pas votre mise en garde. C'est vrai que trop de tabac finit par faire tousser. Mais tout de même, n'exagérez pas. Enfin, je crois que vous ne manquez pas d'humour. Auriez-vous le souci de nous préserver d'un rhume pour le peloton d'exécution ? »

Jamais Charlotte n'avait été surprise à rougir autant. Elle balbutie quelques excuses, ouvre son smartphone et demande à l'une de ses secrétaires de faire l'achat demandé : « … et du bon, ne traînez pas, c'est urgent. Sommes à la brasserie, n'oubliez pas ». Puis elle hèle le garçon qui revient avec deux autres plats du jour et deux chaises qu'il installe de part et d'autre d'une table qu'il rajoute à la précédente.

Chapitre 26

28 octobre 2017
L'auteur

Devant la brasserie, sur le trottoir un homme, trench-coat ouvert et écharpe battant au vent fait quelques pas comme quelqu'un qui hésite à entrer. Charlotte l'aperçoit et, d'un geste, l'invite à rejoindre le groupe. L'individu hésite puis se décide. Les quatre conjurés disparaissent.

Il se présente comme l'auteur du livre sur l'affaire Malet. Charlotte connaît Jean-Louis Demans, ce n'est pas le cas de Chloé qui le lit pour la première fois.

L'auteur est invité à s'asseoir, il prend une chaise laissée vacante et le garçon s'apprête à apporter un plat du jour quand, Jean-Louis Demans l'en dissuade :

« J'ai déjeuné, merci bien, par contre je goûterais volontiers de ce vin.

- Je vous apporte tout de suite un verre ».

Chloé félicite Jean-Louis Demans pour son écriture qui, parce qu'elle est vivante, rend l'expression possible.

Ce dernier, touché, entre en confidence, relate ses recherches, explique son travail d'historien. Côtoyer des personnalités extraordinaires, c'est un vrai bonheur et il espère savoir partager avec ses lecteurs cette proximité. Cependant, les propos de Chloé l'ayant intrigué, il l'interroge :

« Lorsque vous parlez du phénomène d'expression dans l'écriture, vous semblez attacher à cette notion un sens particulier, que voulez-vous dire ? »

Charlotte qui veut prouver à Chloé qu'elle a assimilé toutes ces nouveautés prend le temps de donner à Jean-Louis Demans les explications les plus justes, ceci sous le contrôle de sa collaboratrice. Jean-Louis Demans a du mal à dissimuler sa déception, il s'attendait à une autre interprétation.

Une secrétaire, jeans moulant et talons hauts, arrive, essoufflée, pour déposer une blague à tabac.

Jean-Louis Demans apprécie le vin. Coupe en main, il considère la blague à tabac :

« Vous fumez la pipe ? »

Charlotte explique qu'elles attendent les quatre invités qu'elles n'ont pas vus partir, cette blague à tabac est destinée à l'un d'entre eux. Jean-Louis Demans interroge alors Chloé avec qui il engage une conversation à deux que Charlotte écoute attentivement, presque de manière recueillie, mais à laquelle elle n'ose prendre part, le phénomène de l'expression dont elle fut le témoin oculaire ne lui appartenant pas.

« Il n'y a rien de surprenant à ce que vos protégés ne soient pas ici. Je suis leur auteur, vous comprenez, ils ne peuvent paraître en ma présence, ils ne relèvent que de ma seule expression…

- En effet, vous avez raison si vous entendez par ce terme « expression écrite ».

- Non, j'évoque l'expression de mes personnages celle qui les projette hors des pages, ainsi que vous concevez ce concept. Votre expression, la vôtre, appartient à un irréel, certes un irréel qui s'est concrétisé, une sorte de mirage, un mirage néanmoins tangible, je l'admets. Je comprends fort bien que cette sorte d'excentricité soit due à une action simultanée de la technologie et de la poétique. Quoi qu'il en soit, ne l'oubliez pas, vous, vous êtes du côté des lecteurs. Ma qualité d'auteur, au contraire, m'impose ma propre expression, celle qui fait de ces personnages des sujets écrits. Bien entendu, au fur et à mesure de la rédaction, ils acquièrent de l'autonomie, mais jamais au point de s'extraire de

ma pensée créatrice parce qu'ils continueront toujours de dépendre d'elle, donc de l'auteur, en
l'occurrence de moi. Par nature, ils ne peuvent
s'extraire d'une pensée qui les réinvente.

- Et dès lors, vous voulez dire qu'en votre présence, le phénomène de leur expression devient
impossible ?

- Exactement, parce que mes personnages, je
ne les ai écrits que pour l'état d'impression. À cette
table, eux et moi ne pouvons deviser ensemble. Il
me suffirait de m'en aller pour qu'ils reviennent de
la même façon qu'ils sont partis. En mon absence,
leur présence ne constitue plus un paradoxe.
J'espère avoir été assez clair à mon tour.

- Oui, je comprends mieux le caractère subit de
leur absence, pourtant les personnages appartiennent à l'histoire, non à l'historien.

- Vous voulez dire qu'ils n'appartiennent pas à
l'auteur. Vous n'avez pas tort. En effet, ces
hommes du passé cheminent parmi nous, dans nos
mains, dans nos bibliothèques, dans nos pensées,
bref dans notre culture. C'est comme ça qu'en tant
qu'historien, comme mes confrères, je leur insuffle
une sorte de voyage permanent. Contrairement à
vous, les lecteurs, les historiens impriment dans leur
siècle les sujets auxquels ils s'attachent. Pour les
exprimer hors du temps et de la manière dont vous
venez de le faire, il faut la synergie de deux élé-

ments : le support numérique et la présence d'un lecteur dont l'immersion dans le texte atteint des profondeurs encore insoupçonnées ».

À ce moment-là Charlotte qui n'a rien perdu de cet échange, intervient :

« Oui, c'est pourquoi l'expression que Chloé vient de découvrir demeurera un phénomène très marginal.

- Rarissime, ajouterai-je, reprend Jean-Louis Demans, puisque ce phénomène dépend des qualités du lecteur ; or Chloé, parce qu'elle est une lectrice vivante, ou mieux, une lectrice animatrice, possède cette énergie ».

148

Chapitre 27

28 octobre 2017
Le destin et l'histoire

Réalisant sa capacité exceptionnelle à exprimer les sujets du livre, une idée folle ne manque pas d'habiter Chloé. C'est décidé. La conjugaison du passé au présent s'imposera dans un futur immédiat. La réécriture du texte est à l'œuvre. Elle veut sauver son protégé, Jean Rateau.

Chloé saisit la main de l'auteur. Parce que ce geste a quelque chose d'impératif, Jean-Louis Demans s'en défend, mais laisse faire. Même un homme de la maturité de Jean-Louis Demans ne peut résister au charme et à la jeunesse. Charlotte en prend ombrage. Peu importe, Chloé entend bien imposer ses vues à l'auteur et supplie :

« Jean Rateau ne peut pas être fusillé. Je vous le demande.

- Hélas ! Ma chère Chloé, j'aimerais n'avoir rien à vous refuser, vous le savez bien, ce que vous me demandez est impossible. L'histoire est le contrechamp de l'avenir, ça aussi vous n'êtes pas sans l'ignorer. Je ne peux rien défaire de ce que les événements ont tissé. Toucher à l'enchevêtrement des faits reviendrait à déstabiliser l'avenir.

- Permettez-moi de vous objecter que l'avenir n'existe pas. À peine glissé dans le présent, il est aussitôt relégué dans le passé. Quant au futur, c'est une idée, une vue de l'esprit, un leurre inatteignable, un mirage qui se dissout dès qu'on s'en approche. Nous sommes toujours dans le passé, autrement dit, vous pouvez être rassuré, mon cher Jean-Louis, toucher aux événements anciens ne peut pas avoir de conséquences sur le futur.

- Admettons. Soit. Cependant, n'oubliez pas que je ne puis ni ne dois trahir l'ancienneté des événements, sinon, il me faudrait changer de métier. Ce que vous sollicitez, seul un romancier peut le réaliser, pas moi, vous le savez bien.

- Point du tout. Ce que vous dites était vrai avant l'ère informatique, depuis, tout se déplace instantanément, le temps est un traitement de texte imperturbable, toujours constant, permanent comme de toute éternité. Un élément que vous déplaceriez se remettrait aussitôt en bon ordre, j'insiste, en bonne place. Ce que je demande est, au contraire d'une incroyable simplicité, d'autant que cet accommodement ne transgresserait rien : il n'y paraîtra rien.

- Non, désolé, je ne puis. Répond avec déter-
mination l'historien.

- J'insiste, Jean-Louis, c'est très important.

- Impossible, vraiment Chloé, c'est impossible.

- Eh bien, vous m'en voyez navrée. En tant que
directrice de publication, je ne peux pas accepter la
diffusion de votre ouvrage en l'état, et ce malgré ses
qualités incontestables.

- Votre position est contradictoire.

- Non, point du tout. La force de votre ouvrage
n'est pas en cause. Par contre, je n'ai de cesse de
me mettre à la place du lecteur. Or, c'est parce que
je suis la directrice de publication que je ne peux
que m'opposer à l'édition de cette œuvre. Bien entendu, ce n'est pas une affaire personnelle, tout au
contraire, j'aurais aimé pouvoir donner mon accord,
votre manuscrit est tellement attachant.

- Dites-moi, Chloé, je crains que vous ne dé-
fendiez une position incohérente.

- Parfaitement incohérente, en effet ». Intervient Charlotte qui s'impatiente.

Chloé reprend, plus déterminée encore :

« Justement, c'est parce que la lecture de ce manuscrit est attachante que notre maison ne peut le recevoir. C'est tout simple : la fin tragique d'un héros, quand il s'agit d'un mythe, bien sûr, fait partie de ce que le public accepte, disons même que cela va de soi. Dans votre texte, votre principal personnage, Jean Rateau, lui n'est pas un héros. Votre lectorat ne supportera pas qu'il soit fusillé, il n'appréciera pas davantage un destin aussi affligeant. Or, vous en avez fait une figure touchante, si bien que la publication de votre manuscrit sur notre réseau numérique sera vouée à faire un bide ; pardonnez-moi cette formulation qui a le mérite, au moins, d'exprimer crûment ce à quoi vous vous exposez, je vous l'affirme, sans détour ».

Charlotte, plus hautaine que jamais, patronne jusqu'au battement des sourcils, répond que toute cette affaire prend une tournure ridicule. Qu'un livre qui a ému à ce point sa meilleure collaboratrice ne peut laisser indifférents le lectorat ni la presse. On ne passe pas à côté d'un best-seller. Puisqu'il faut une première fois, elle ira outre l'avis de Chloé :

« Venez Jean-Louis ».

Laissant sa directrice seule à la table, la présidente suivie par l'auteur, d'un pas farouche retourne à son bureau.

Alors Chloé, seule à une table encombrée de verres non entamés ou vides, tapote son écran. Elle pousse un profond soupir et se concentre. C'est alors que les quatre conjurés sont de nouveau autour d'elle à la place qu'ils avaient quittée.

Ils se retrouvent dans ce XXIe siècle. Ils ne s'en étonnent pas.

« Vous êtes certaine de n'avoir pas exprimé la police de Napoléon ? plaisante l'abbé.

- Serait-ce un effet de votre bonté de me commander une talmouse ? » sollicite Jean Rateau.

Le garçon appelé reste coi, il est dubitatif. Il ne sait pas ce qu'est une talmouse. Voyant la scène et mesurant la déception de Jean, Catherine Tourres vient expliquer que cette pâtisserie ne se fait plus et que c'en est bien regrettable, mais qu'elle aura le plaisir d'offrir à la place…, elle s'interrompt. Jean Rateau ne la quitte pas des yeux, il la fixe. Catherine Tourres ne sait pas à quel point le jeune homme est troublé, ce regard de tendresse qu'elle lui porte en éveille un autre, identique, croisé en un temps lointain.

Un chien échappé d'une table vient poser sa tête sur la soutane de l'abbé Lafon qui lui donne un crouton de pain. Confus, son maître, se précipite pour le rattraper et s'excuse :

« Pardon, mon père. Tiens, ne seriez-vous pas prêtre à Saint-Nicolas du Chardonnet ?

- Non, non, je suis du diocèse de Bordeaux. Puis-je savoir la raison de votre question ? »

L'abbé Lafon qui est enchanté d'être exprimé est ravi de connaître cette expérience exceptionnelle, c'est le moins qu'on puisse dire, cependant, l'évocation du diocèse de Bordeaux réveille une nostalgie qui parvient à le troubler. Un sentiment amer l'envahit. Il est au XXIe siècle dans un univers qui ne peut lui procurer quoi que ce soit. Ayant échappé à la police, il a le privilège de ne pas être condamné, et son avenir, bien qu'il soit antérieur, n'est donc pas encore accompli. Il boit d'un trait son verre et demande à Chloé de l'imprimer, cette parenthèse lui devient oppressante. Du coup, Boutreux renchérit, lui aussi a échappé pour lors à l'arrestation. Maintenant, il fait chorus, il reconnaît qu'il est dur d'être projeté dans un au-delà provisoire où il n'est donc pas possible de s'installer. Curieusement, Claude-François Malet partage cette opinion, pourtant, il ne méconnait pas son destin. Finalement, à l'instar de ses complices, cette expression leur fait mal maintenant, elle qui était survenue en douceur. Ils réalisent qu'en deux cents ans tous leurs amis, camarades, père et mère, enfants demeurent profondément imprimés dans une indifférence qui leur devient cruelle. Érosion du temps. Amnésie des pages.

Jean Rateau sait que son retour dans le livre de Jean-Louis Demans réveillera plus tôt le glas. Il ne dit rien, l'éphémère ne peut constituer un contre argument. Deux siècles d'un vertige fugace ne représentent rien.

Chloé comprend, elle leur demande quelques heures et promet ensuite de ne plus interférer dans leurs destins. Elle est acquise à l'idée d'imprimer ses invités quitte à abandonner son projet quand retentit son smartphone, c'est Charlotte.

La présidente est furieuse. Tant que les protagonistes seront exprimés, la diffusion de l'affaire du complot Malet est rendue impossible. Il est urgent de rendre les personnages. Elle ordonne de les imprimer, elle menace même. Il n'en faut pas moins pour que Chloé qui était sur le point de céder à ses invités ne se ressaisisse.

Le château La Dominique contribue à prolonger l'attente.

Il ne se passe pas un quart d'heure qu'à nouveau Charlotte appelle. Elle crie au chantage. Il est scandaleux que Chloé ait pris en otage les personnages de Jean-Louis Demans, attitude inacceptable. Le ton est à l'impatience.

À la colère Chloé oppose un calme de circonstance et répond :

« Si l'auteur cède à ma demande, demain vous me féliciterez, car vous aurez un best-seller. J'attends le temps qu'il faudra ». Puis se retournant vers le garçon, lui commande une autre bouteille. Les conjurés apprécient.

Un quart d'heure plus tard, Charlotte rappelle, le ton trahit sa fatigue :

« Vous avez gagné, ma petite, Jean-Louis Demans accepte, il ne cède pas à votre demande, mais à vos caprices.

- Rassurez-le, il ne le regrettera pas. Croyez-moi ».

Chapitre 28

24 octobre 1812 – Jean a 28 ans
Napoléon est dans Moscou
Après l'arrestation de 24 conjurés, 14 d'entre eux sont
condamnés à mort

La cellule est sombre. Jean s'y reprend à plusieurs fois, les larmes qui ravinent ses joues en s'écrasant sur le papier irisent l'encre. Il lui faut recommencer. On lui rapporte des feuilles. Il ne pleure pas sur son sort, mais la douleur dont ses chers parents seront affligés lui déchire l'âme. Il fait froid, aussi froid que sous terre. L'air siffle sous la lourde porte et s'évanouit aux barreaux, lucarne sans vitre. De la bougie, la flamme chancelle, feu-follet au-dessus de la mort.

Demain, tout sera fini. Il a appris que c'est à la plaine de Grenelle qu'il sera fusillé. Il relit sa lettre. Il la lit plusieurs fois, aurait-il oublié quelqu'un ? Il lit de nouveau. Comme c'est long tout d'un coup, c'est long d'attendre le temps qui s'interrompt. Il sort de sa poche la médaille que Vuillemette lui avait confiée, il voudrait l'admirer, la prier, mais tout devient flou, jusqu'à cette médaille qui tremble dans sa main.

Deux coups à la lourde porte, l'aumônier sans doute ? Non, deux gardes entrent. Ils sont suivis par deux hommes, redingote et chapeaux gris sombre.

« Monsieur Jean-Auguste Rateau ? … Au nom de Sa Majesté l'empereur des Français, une mesure de grâce vous concernant vient d'être décrétée. En conséquence de quoi votre condamnation à mort ne sera pas exécutée. Nous tenions à vous en informer aussitôt. Demain, le greffe du tribunal vous donnera lecture des décisions subséquentes vous concernant. Nous n'avons rien à ajouter. Nous vous souhaitons bonne nuit ».

Chapitre 29

31 mai 2027
Napoléon est aux Invalides
Un amphithéâtre de la Sorbonne

Les services de la bibliothèque nationale suivent un rythme mesuré, on y travaille dans le calme, il ne peut en être autrement tant les sujets y sont divers, nombreux et complexes. Les archivistes conservent non seulement les papyrus, parchemins, papiers, bandes magnétiques, disques vinyle, disques durs, c'est-à-dire tous les supports où les hommes inscrivent leurs pensées comme des couches sédimentaires qui se superposent génération après génération. Cela demande à la bibliothèque nationale de recourir à des experts de plus en plus nombreux.

Il faut bien que les chercheurs puissent être guidés dans cet univers gigantesque où seuls les professionnels de l'institution savent évoluer.

Sans l'assistance de Marion Drouot, de la bibliothèque nationale, jamais Victor Cuchet n'aurait pu écrire sa thèse sur l'histoire du complot du général Malet. Son directeur de thèse le soutient avec conviction, il craint cependant que ses collègues ne le suivent pas et qu'un tollé ne réponde à ses découvertes, il faut s'attendre à ce que les notions du temps et de l'histoire en soient contrariées.

Dans la salle, des amis et les parents de l'étudiant sont assis dans les premiers rangs à côté de Marion Drouot qui a aidé le jeune homme dans ses investigations. Juste derrière, des journalistes alertés par la tournure inouïe que devrait prendre l'affaire sont accourus. Chloé est assise à côté de Charlotte qui préside toujours aux destinées de sa maison d'édition numérique. Elle soupçonne sa présidente de n'être pas étrangère à la présence de la presse, un vrai coup de pub pour sa maison, business oblige. En attendant l'heure de la soutenance, on prend le temps de commenter les peintures à fresque.

Les membres du jury arrivent. Le président salue ses collègues, les personnes qui occupent les gradins et le candidat qu'il invite à présenter son sujet. Puis on en vient aux premières questions. Elles ne surprennent personne pas davantage l'impétrant, les faits s'inscrivent dans une chronologie rigoureuse et une thématique intelligente.

La psychologie des personnages demeure dans un champ moins bien dessiné. On dirait que Victor

Cuchet hésite pour n'avoir pas à brouiller ses conclusions.

« Car il ne s'agit que d'une théorie, jeune homme ? Rassurez-moi » intervient un des professeurs. La salle intriguée frémit.

Alors Victor Cuchet cherche un soutien dans le regard de son directeur de thèse. D'une mimique, ce dernier l'encourage et le jeune homme se lance. Sans lire ses notes, il explique une heure durant sans laisser le moindre espace à une interruption, toutes les capacités qu'offre l'outil informatique aux connexions les plus complexes et les plus surprenantes, notamment le temps, autrement dit l'histoire. L'histoire, point essentiel sur lequel repose toute son analyse. Il poursuit. On n'entend plus la salle.

Il décrit comment le destin d'un caporal a été postérieurement corrigé alors qu'aucune étude livresque, documentaire et classique ne peut déceler la moindre anomalie. Paradoxalement, tous les documents existants sont authentiques, réels, certains, aucun n'est apocryphe. Toutes les sources sont vérifiées : Jean-Auguste Rateau a bien été gracié au même titre que le colonel Rabbe. Au moins, ce dernier devait cette mesure au service qu'il avait rendu à Bonaparte. En effet, Rabbe avait été l'un des juges du malheureux duc d'Enghien ; Napoléon avait une dette envers ce colonel, la grâce s'imposait. Or, rien ne justifiait celle du caporal,

pourquoi la sienne et pas celle d'un autre ?
L'analyse continue. Pourtant, la grâce de Jean-
Auguste Rateau, est un fait historiquement avéré, ce
point ne rencontre pas de problème documentaire
d'ailleurs son importance ne soulève aucun intérêt.
Il n'y aurait pas lieu à débats si le convertisseur de
la lumière en charge électrique n'avait fait l'objet
d'un dysfonctionnement. Le jeune homme en vient
à son argumentation. La salle écoute.

Les grandes découvertes sont souvent le produit d'un concours de circonstances. C'est à la fa-
veur du dysfonctionnement du convertisseur de
lumière que Victor Cuchet fut intrigué tout d'abord
par un soupçon de bug. L'aperçu des cookies ne
révéla aucune transgression. Or, un simple slash a
opéré un plug-in à l'instant d'une capture d'écran.
Cette opération a permis de déceler l'extranet du
temps. La réorientation d'un destin, celui d'un caporal, a bien eu lieu sans qu'aucun historien con-
temporain ne puisse imaginer ce fait pourtant véri-
fié. La spontanéité a produit tous les effets subsé-
quents attribuant instantanément son historicité à
cette mesure. Et cela vient d'être indubitablement
établi. La salle, médusée, écoute.

Il est très difficile de reproduire cette opération. Pourtant, les preuves sont là, imparables. Depuis le XXIe siècle, un destin a bien été réécrit. La
salle ne perd rien de l'exposé.

L'étudiant explique que si sa démonstration est incontestable, l'expérimentation ne peut en être renouvelée sans une donnée déterminante, celle de l'imprégnation fusionnelle d'une volonté humaine, car, reconnaît-il l'histoire, appartenant à un espace intérieur, revendique une dimension psychologique.

Pendant cette explication, la salle et le jury semblent conquis. Dans l'amphithéâtre, on n'entend même pas le froissement d'une étoffe. Quelque part dans les gradins, afin de lui imposer silence, une directrice de publication serre de toutes ses forces l'avant-bras de sa présidente, au risque d'y planter ses ongles.

Dès la réception de cette thèse, tous les médias et réseaux sociaux en relayent les conclusions. Charlotte est aux anges, son site numérique édite deux ouvrages appelés à une notoriété rarement égalée depuis l'édition de la bible de Gutenberg : le livre de Paul Demans et la thèse de Victor Cuchet.

Le temps passe vite, celui de la stupéfaction davantage. Des familles, des amoureux, des généalogistes, des politiques, des hommes d'affaires, des carriéristes, des étudiants, des nostalgiques, tous ont de bonnes raisons de vouloir nuancer, modifier ou bouleverser un événement peu chanceux, maladroit, malheureux, difficile ou tragique. Ils en appellent aux ingénieurs informaticiens pour reproduire le phénomène indécelable dont Victor Cuchet a perçu et démontré les effets sur le temps prouvant qu'une interconnexion entre une capture d'écran numérique et une réorientation d'un destin pouvait être portée par l'imprégnation psychologique d'une lecture déterminante.

Chapitre 30

Novembre 2027
Les États réagissent.

Les statisticiens n'ont jamais pu démontrer combien de commandes ont été satisfaites. L'ampleur de la demande effraie, on ne sait où l'on va. De nombreux débats concluent les uns à sa nocivité, les autres aux désordres que le phénomène peut occasionner au sein de la société. Ce qui est le plus redouté, ce ne sont pas les charlatans de tout horizon qui s'annoncent comme des lecteurs déterminants, non, eux relèvent des affaires privées. Ce que les institutions craignent le plus, c'est le risque d'un grand désordre littéraire. L'Académie française n'est pas la dernière à alerter les autorités publiques sur ce danger. Cette séculaire institution est écoutée non seulement en France, mais aussi à l'Étranger, car elle vient de démontrer que rien n'interdit aux personnages de la littérature de glisser d'une œuvre à une autre, de passer du romanesque à l'histoire ou vice versa[54]. Que la pensée puisse être dévastée, la logique annihilée, la raison contrariée, constituent l'écueil de l'humanité. Une humanité décervelée voilà le risque.

Pas plus tard qu'en novembre 2027, sous l'égide de l'O.N.U., tous les États imposent à tous les outils numériques l'adjonction systématique d'un logiciel anti-temporel.

On se remet à croire au futur et on veut le préserver.

Quoique d'une technologie dépassée, au marché des antiquités, les vieux ordinateurs ont une cote inattendue.

***

---

[54] Les craintes d'un grand désordre exprimées par l'Académie française s'avèrent justifiées. En effet, si dans le texte de Jean-Louis Demans, tous les noms d'objets, de lieux et les noms patronymiques coïncident à la réalité historique et locale, il n'en va pas de même pour le comte de Manerville, qui, originaire de Bordeaux, est toutefois un personnage balzacien extrait de la Comédie humaine.

167

Impression : BoD-Books on Demand,
Norderstedt, Allemagne.

ISBN : 978-2-322-04444-3
Dépôt légal : décembre 2015